Margaretha Kopeinig/Christoph Kotanko

EINE EUROPÄISCHE AFFÄRE

Der Weisen-Bericht und die Sanktionen gegen Österreich

GEGRÜNDET
1999

Margaretha Kopeinig/Christoph Kotanko

EINE EUROPÄISCHE AFFÄRE

Der Weisen-Bericht und die Sanktionen gegen Österreich

CZERNIN VERLAG, WIEN

Die Deutsche Bibliothek – CIP-Einheitsaufnahme
Kopeinig, Margaretha/Kotanko, Christoph:
Eine europäische Affäre: Der Weisen-Bericht und die Sanktionen gegen Österreich/Kopeinig Margaretha-Kotanko Christoph
Wien: Czernin Verlag, 2000
ISBN 3-7076-0105-6

Art Direction: Bernhard Kerbl
Cover-Illustration: Andi Martin
Lektorat: Hubertus Czernin
Herstellung: Die Druckdenker Gmbh, Wien
Druck: Wiener Verlag, Himberg
ISBN 3-7076-0105-6

Inhalt

Margaretha Kopeinig und Christoph Kotanko

Eine europäische Affäre

I

Am 12. September 2000 um 19 Uhr veröffentlichte die französische EU-Präsidentschaft in Paris ein „Kommuniqué der 14“, wonach die zwischenstaatlichen Maßnahmen von 14 EU-Ländern gegen die österreichische Bundesregierung aufgehoben werden. Die Maßnahmen hätten sich als „nützlich“ erwiesen und könnten nun beendet werden. Gegenüber der FPÖ und ihrem Einfluss auf die Regierung müsse aber „eine besondere Wachsamkeit ausgeübt werden“, diese werde gemeinsam praktiziert. Und: Es sei „angebracht, Überlegungen anzustellen, wie man in ähnlichen Situationen vorgehen, vorbeugen und Beurteilungen abgeben soll“.

Diese Mitteilung beendete einen bilateralen politischen Boykott, der am 4. Februar begonnen und 223 Tage gedauert hatte. Österreich galt nun nicht mehr als der politisch Kranke Europas, aber auch noch nicht als gesund.

Der formelle Abschluss war turbulent, wie es auch der Beginn gewesen war: Der dänische Ministerpräsident Poul Nyrup Rasmussen stand wegen der nahen Euro-Abstimmung im eigenen Land so sehr unter Druck, dass er der französischen Präsidentschaft vorgriff und bereits um 18.49 Uhr im dänischen Fernsehsender DR die Aufhebung der so genannten Sanktionen verkündete.

Bald danach traten Bundeskanzler Wolfgang Schüssel und Vizekanzlerin Susanne Riess-Passer im Wiener Kanzleramt vor die Presse und verkündeten mit kaum verhohlener Genugtuung das Ende der europäischen Affäre.

II

Der in der Geschichte der europäischen Integration einmalige Schritt gegen die Regierung eines Mitgliedslandes war die Folge der Wende nach den Nationalratswahlen in Österreich gewesen. Am 3. Oktober war die ÖVP um 415 Stimmen hinter die FPÖ zurückgefallen. Das Wahlergebnis lautete: SPÖ 33,1 Prozent (65 Mandate), FPÖ 26,9 Prozent (52 Mandate), ÖVP 26,9 Prozent (52 Mandate), Grüne 7,4 Prozent (14 Mandate). Das Liberale Forum erzielte 3,7 Prozent der Stimmen und schied damit aus dem Nationalrat aus.

Dieses Ergebnis – FPÖ Zweite, ÖVP Dritte – war ein Traditionsbruch. „Abgewählt wurde ein System, das nach 1945 als Reaktion auf die politische Situation der Zwischenkriegszeit entwickelt wurde. Bürgerkrieg, Ständestaat und illegaler Nationalsozialismus hatten so viel Misstrauen zwischen den politischen Lagern hinterlassen, dass Sicherungssysteme eingebaut werden mussten".[1] Das erste Sicherungssystem war die Große Koalition von Christdemokraten und Sozialdemokraten, ein weiteres die Sozialpartnerschaft, wo die Interessen von Arbeitnehmern, Unternehmern und Bauern austariert wurden.

Der 3. Oktober brachte eine schwere Niederlage für den Verbändestaat. ÖVP-Obmann Wolfgang Schüssel zog daraus den Schluss, dass gleichgültig, welche Regierung zustande kommen sollte, ein Grundsatz gelten müsse: „Not more of the same. Die Wähler wünschen nicht mehr eine Koalition alten Stils, Postenschacher, Machtspiele."

Dass FPÖ-Chef Jörg Haider bei der Regierungsbildung eine entscheidende Rolle spielen könnte, war klar – und alarmierte all jene, die unter keinen Umständen den Wechsel wollten, voran Bundespräsident Thomas Klestil.

Dieser hatte zwar früher, zuletzt 1998, als er die Stimmen

---

1 Günther Burkert-Dottolo in: „Die Regierungsbildung in Österreich 1999/2000", Wien 2000; S. 23

freiheitlicher Sympathisanten für die Bundespräsidentenwahl brauchte, in einem „Le Monde"-Interview die FPÖ als regierungsfähig bezeichnet. Doch als erfahrener Diplomat wusste Klestil, welche internationalen Folgen ein Regierungseintritt der FPÖ haben würde. Daher begann er ab dem 4. Oktober systematisch, Mitglieder des ÖVP-Vorstandes in persönlichen Gesprächen zu bedrängen. Zuerst ging es dem Bundespräsidenten darum, die Festlegung der Schwarzen, als nur mehr drittgrößte Partei in Opposition zu gehen, aufzuweichen. Sie sollte wieder Juniorpartner der SPÖ werden. Diese Linie wurde vom Massenblatt „Neue Kronen Zeitung" massiv unterstützt.

415 Stimmen weniger seien kein klares Wählervotum, die Volkspartei könne sich ihrer Verantwortung nicht entziehen, argumentierte Klestil in vertraulichen Anrufen, die überraschte ÖVP-Funktionäre auch zu ungewöhnlicher Tageszeit am Mobiltelefon erreichten.

Zwischen Klestil und Schüssel führten die Vier-Augen-Gespräche eher zu einer Verhärtung, Der Bundespräsident verdächtigte den VP-Chef, dieser wolle in Wahrheit gar nicht in Opposition gehen, wie Schüssel vor und nach den Wahlen versprochen hatte, sondern peile ein Bündnis mit der FPÖ an. In seinem Argwohn wurde Klestil durch öffentliche Äußerungen aus Schüssels Umgebung bestärkt. So warf Klubobmann Andreas Khol zehn Tage nach der Wahl die Frage auf, ob es bei Mandatsgleichstand nicht wie im Sport „zwei Zweite" gebe.

Daraufhin wurde kolportiert – und nicht dementiert –, dass der Bundespräsident dem VP-Obmann klar gemacht habe: „Du musst schon Nummer Eins werden, wenn du Bundeskanzler sein willst." Schüssels soll eisig entgegnet haben: „Die Regierung, bei der du gemütlich ins Ausland fahren kannst, wird es nicht geben."

Ungeachtet dessen beauftragte Klestil am 14. Oktober 1999 den SPÖ-Vorsitzenden Viktor Klima mit „Sondierungsgesprächen" mit allen Parlamentsparteien. Klima hatte signalisiert, dass er als Chef der stimmenstärksten Partei in jedem Fall

Kanzler bleiben wolle (dadurch entsprach er einer Erwartungshaltung der obersten Funktionärsschicht; im Mittelbau der Partei war jedoch die Meinung weit verbreitet, dass eine Regeneration in einer überschaubaren Oppositionszeit der SPÖ gut tun könnte). Als „Notlösung“ nannte Klima die Variante einer Minderheitsregierung. Damit brachte er Klestil – der eine stabile Regierung wollte – so sehr in Verlegenheit, dass sich die Hofburg am 24. Oktober genötigt sah, „Spekulationen“ über eine Minderheitsregierung zurückzuweisen.

Am 28. Oktober gab es das erste offizielle Gespräch von ÖVP-Obmann Wolfgang Schüssel und FPÖ-Chef Jörg Haider; weitere „Zukunftsgespräche“ folgten am 2. und 11. November. Zuvor hatte der ÖVP-Vorstand beschlossen, über alle weiteren Schritte in kleineren Kreisen – acht bis zehn Personen – an geheimen Orten Beratungen abzuhalten; eine Festlegung auf die Oppositionsrolle oder auf eine Koalitionsform solle es vorerst nicht geben. Eines war allen im Führungskreis der Volkspartei klar: Neuwahlen durfte es nicht geben, weil sie die völlig verunsicherte Partei existenziell gefährdet hätten.

III

Am 16. November traf Jörg Haider im Alten Landhaus in der Wiener Herrengasse den niederösterreichischen Landeshauptmann Erwin Pröll zu einem diskreten Abendessen. Haider machte sich keine Illusionen, Kanzler werden zu können; seine Partei würde einen ÖVP-Kanzler akzeptieren. Später an diesem Abend gab Haider allerdings ein ORF-Interview, in dem er behauptete, er könne sich nicht vorstellen, dass die FPÖ bei einer blauschwarzen Regierung auf den Kanzler verzichten würde. Am 25. November, bei einem weiteren „Zukunftsgespräch“, schloss die FPÖ ein Kanzler-Angebot an Schüssel nicht aus. Die stellvertretende VP-Obfrau Elisabeth Gehrer kündigte an, ihre Partei werde sich „der Verantwortung nicht entziehen“.

Zu diesem Zeitpunkt gab es unter den Entscheidungsträgern der ÖVP drei deklarierte Gruppen: Entschieden für die Fortsetzung der Koalition mit der SPÖ waren Minister Wilhelm Molterer, Landeshauptmann Josef Pühringer (OÖ) und der Wiener Parteiobmann Bernhard Görg (letzterer wollte unter keinen Umständen eine Zusammenarbeit mit der FPÖ); abwartend waren Schüssel, Gehrer und die Landeshauptleute Herbert Sausgruber (Vorarlberg) und Pröll (NÖ); in Opposition gehen wollte der Burgenländer Gerhard Jellasitz, der fallweise Zuspruch von der Steirerin Waltraud Klasnic bekam.

Eine Vorentscheidung für Schwarzblau gab es laut übereinstimmenden Aussagen von VP-Vorstandsmitgliedern auch nicht, als Schüssel am 5. Dezember verkündete, die ÖVP werde sich Regierungsverhandlungen nicht verweigern. Ausgeschlossen wurde lediglich eine neue Koalition mit der SPÖ zu den alten Bedingungen.

Zwischen 17. Dezember und 20. Jänner verhandelten SPÖ und ÖVP in neun „großen Runden" über die Regierungsbildung. Dennoch krachte es unverändert im Gebälk der seit Jänner 1987 aneinander geschweißten Parteien. Als Klestil etwa hinterbracht wurde, dass hochrangige VP-Funktionäre eine Fortsetzung der Koalition unter Kanzler Klima ablehnten, schlug er in Vier-Augen-Gesprächen vor, beide Parteien sollten ihren Spitzenmann wechseln – was aber weder in der SPÖ noch in der ÖVP ernsthaft erwogen wurde, auch mangels Alternativen zu den amtierenden Parteichefs.

Ende Dezember wurde in der ÖVP der Widerstand gegen Rotschwarz zusehends stärker. Das war eine Konsequenz aus dem bedrohlichen Trend in den eigenen, aber auch veröffentlichten Meinungsumfragen: Während die ÖVP mittlerweile klar unter dem Wahlergebnis bei rund 22 Prozent lag, lieferten sich zu diesem Zeitpunkt FPÖ und SPÖ ein Kopf-an-Kopf-Rennen bei knapp über 30 Prozent. Die steirische Landesorganisation legte sich faktisch fest: „Bei Neuauflage der alten Koalition fahren wir in die Hölle" (VP-Landesrat Herbert Paierl).

In der ersten Jänner-Woche, bei einem mehrstündigen Mittagessen in einem Wiener Innenstadt-Hotel, zog Schüssel mit Vertrauten eine detaillierte Zwischenbilanz des Verhandlungsstandes. Er sei eher für die Neuauflage der Großen Koalition, nehme aber die Bedenken von Vorstandsmitgliedern ernst, die Zweifel an der Paktfähigkeit der SPÖ hatten. Eine Probe-Abstimmung über Rotschwarz oder Schwarzblau endete unentschieden.

In der Nacht vom 18. zum 19. Jänner berieten die Spitzengremien von SPÖ und ÖVP über den Koalitionspakt. Die ÖVP beschloss bei vier Gegenstimmen (Klasnic, Sausgruber, Jellasitz und JVP-Chef Werner Amon), auf Basis dieses Abkommens wieder eine Regierung mit der SPÖ zu bilden. Die Übernahme von zumindest einem bisher sozialdemokratisch verwalteten „Schlüsselressort" – Inneres, Finanzen oder Soziales – müsse jedoch noch vereinbart werden.

Am 20. Jänner verlangte die ÖVP von der SPÖ das Finanzministerium, sonst sei die Kontrolle über das Budget nicht gewährleistet. Außerdem müssten alle SP-Verhandler den Koalitionsvertrag unterschreiben, um die Umsetzung zu garantieren. Diese Forderung war an Rudolf Nürnberger gerichtet, den Vorsitzenden der Fraktion Sozialdemokratischer Gewerkschafter, der die Pensionsreform nicht mittragen wollte. Hohe VP-Funktionäre waren auf Grund von Informationen aus der SPÖ-Spitze bereits sicher: Nürnberger werde nicht unterschreiben.

Als sich die SPÖ weigerte, die beiden Bedingungen zu erfüllen, schlug Schüssel bei einem ZiB-2-Auftritt einen parteiunabhängigen Finanzminister vor – erfolglos. In der Nacht zum 21. Jänner verkündete Klima das Ende der Regierungsverhandlungen: Die SPÖ habe „den Eindruck gewonnen, dass die ÖVP nicht ernsthaft verhandelt". Er werde daher dem Bundespräsidenten die Bildung einer SP-Minderheitsregierung, der auch unabhängige Experten angehören sollten, vorschlagen.

Viktor Klima gab diese Stellungnahme kurz vor halb vier Uhr früh ab. Um vier Uhr rief Wolfgang Schüssel den FPÖ-

Obmann in Kärnten an, um mit ihm die weitere gemeinsame Vorgangsweise abzuklären.

IV

Diese Entwicklung war für Thomas Klestil und die „Kronen Zeitung", die in den Tagen zuvor ihren Einfluss immer stärker für die Fortsetzung der alten Großen Koalition eingesetzt hatte, ein harter Schlag. Ausgerechnet am 20. Jänner, als Rotschwarz platzte, erschien im Massenblatt ein Poem ihres Hofdichters Wolf Martin, der die vermeintlich sichere Neuauflage der Großen Koalition freudig begrüßte. Das Gedicht hat inzwischen Kultstatus erlangt:

„Glück auf, du rot & schwarzer Bund!
Rundum erneuert, kerngesund,
von guten Geistern klug beraten,
so schreite nun zu neuen Taten!
Du hast gelernt aus ernstem Mahnen.
Schreib nun Reform auf deine Fahnen,
gib dem Proporz den Todesstoß,
betrau die besten Köpfe bloß,
und alles jubelt hochzufrieden:
Auf ewig seist du uns beschieden!"

Die weiteren Verhandlungen waren ein Wettlauf um die Gunst der Blauen, obwohl Klima von europäischen Spitzenpolitikern – nicht nur Sozialdemokraten – bedrängt wurde, es mit der ÖVP noch einmal zu versuchen. Am 23. Jänner schloss Klima eine spätere Koalition mit der FPÖ nicht mehr aus, sofern diese über längere Zeit konstruktiv mit einer SPÖ-Minderheitsregierung zusammenarbeite. „Es hängt von der FPÖ selbst ab, ob sie international und auch national als verlässlicher Partner in einer Regierung gesehen werden kann", ließ der sozialdemokratische Parteivorsitzende in einem „Format"-Interview die erstaunte Öffentlichkeit wissen. Im Hintergrund agierte bereits ein zweiter SPÖ-Spitzenmann, um der Partei unter allen Umständen die Regierungsmacht zu erhalten, sei es auch mit Unterstützung der Freiheitlichen: Innenminister Karl Schlögl, der schon einige Zeit zuvor begonnen hatte, zarte Bande zu einzelnen FPÖ-Politikern zu knüpfen. Auch der Wiener Bürgermeister Michael Häupl sprach mit Haider. Selbst der Bundespräsident, so wurde in diesen heiß umfehdeten Jänner-Tagen klar, hätte eine rotblaue Variante nicht von vornherein abgelehnt. Bei einem emotionsgeladenen Gespräch mit allen VP-Landesobmännern – Teilnehmer berichten von Schreiduellen – antwortete Klestil auf eine entsprechende Frage des oberösterreichischen Landeshauptmannes Pühringer, die SPÖ sei die Nummer 1 beim Wähler, sie brauche zur Regierungsbildung aber einen Partner, eine Koalition von SPÖ und FPÖ müsse er sich „überlegen".

Tatsächlich beschloss das FPÖ-Präsidium nur einen Tag nach Klimas öffentlich angedeutetem Kurswechsel Regierungsverhandlungen aufzunehmen. Der Beschluss war einstimmig – aber er galt der ÖVP. Klimas Lockrufe verhallten ungehört.

V

Die folgenden Tage brachten die Entscheidung. Hinter den Kulissen des Ballhausplatzes begann ein Machtkampf, wie ihn die Republik seit den frühen Sechziger Jahren nicht mehr erlebt hatte. Hatten sich damals die Spitzen der Sozialdemokratie in

[2] Der damalige Innenminister und ÖGB-Präsident Franz Olah unterlag der Gruppe um SPÖ-Vorsitzenden Bruno Pittermann und wurde wegen verschiedener Verfehlungen aus der Partei ausgeschlossen. Olah gründete dann eine eigene Partei, die die SPÖ bei den Nationalratswahlen 1966 entscheidende Stimmen kostete.

wilden, zum Teil öffentlichen Auseinandersetzungen aufgerieben und damit die Basis für den Wahlsieg der ÖVP 1966 gelegt[2], so waren es diesmal zwei Männer, die den Kampf aufnahmen: Wolfgang Schüssel und Thomas Klestil. Zwischen den beiden ging es nicht so sehr um ideologische Fragen, auch nicht primär um die Regierungsfähigkeit der Haider-FPÖ, sondern um tiefe persönliche Ressentiments, auch wenn in der Öffentlichkeit anderes behauptet werden sollte. Der Bundespräsident, 1992 vom damaligen ÖVP-Obmann Erhard Busek zum Kanditaten gemacht, hatte einmal, wenn nicht sogar zweimal – darüber gehen die Meinungen auseinander – Schüssels Kanzler-Ambitionen zunichte gemacht. Weitgehend unbestritten ist, dass Klestil 1997, als die von der Stadt Wien kontrollierte Bank Austria gegen den Willen der Volkspartei die bürgerliche Creditanstalt übernahm, das Ansinnen des wutentbrannten ÖVP-Chefs, ohne Wahlen die Koalition in Richtung FPÖ zu wechseln, brüsk zurückgewiesen hat. Offen ist, ob Schüssel nicht schon im Herbst 1995, anlässlich des von ihm erstmals herbeigeführten Koalitionsbruchs, aber auch nach seiner Niederlage bei den Dezember-Wahlen, vom Bundespräsidenten den Auftrag zu Regierungsverhandlungen verlangt hatte. Sicher ist, dass die beiden einander schon lange nicht mehr mögen. So machte sich Klestil im kleinen Kreis über den „kleinen Napoleon" lustig.

Auch deshalb wollte das Staatsoberhaupt diesmal wieder nichts von einer Kanzlerschaft Schüssels wissen. Und so wurde in der Hofburg auch über andere Varianten nachgedacht, um Schüssel als Kanzler und damit auch Schwarzblau zu verhindern. Der Bundespräsident fühlte etwa bei EU-Kommissär Franz Fischler (ÖVP) und dem Industriellen Hannes Androsch (SPÖ) vor, ob sie als Kanzler (Fischler) bzw. Vizekanzler und Finanzminister (Androsch) zur Verfügung stünden. Klestil wusste freilich, dass diese Idee schwer zu verwirklichen wäre. Androsch: „Er hat mir bedeutet, leider, leider, net amol deine Freund wollen das wirklich" (Klestil bezog sich offenkundig auf seine informellen Sondierungen in der SPÖ-Spitze).[3]

Zu diesem Zeitpunkt war das Match schon kein innerösterreichisches mehr. Am 29. Jänner brachte die portugiesische EU-Ratspräsidentschaft offiziell die Besorgnis über eine mögliche Regierungsbeteiligung der FPÖ zum Ausdruck. Kurz zuvor hatte Frankreichs Staatspräsident Jacques Chirac festgestellt: „Es ist unerlässlich, dass die 14 europäischen Partner rasch Maßnahmen beschließen und ankündigen, die sie bei einer Regierungsbeteiligung der Haider-Partei ergreifen."

Dass es in diesem Fall eine scharfe Reaktion der EU-14 sowie weiterer Staaten geben würde, war seit geraumer Zeit klar. „Ich habe, wie auch andere europäische Politiker, Schüssel mehrfach vor einer Koalitionsbildung mit der FPÖ gewarnt. Wir haben die freiheitliche Partei nicht nur im Wahlkampf 1999 beobachtet, sondern schon während der ganzen letzten Legislaturperiode", bestätigte Luxemburgs Premierminister Jean-Claude Juncker viele Monate später.[4] Die ständige radikale Rhetorik von FPÖ-Politikern hätten die Europäer seit jeher sehr ernst genommen: „Ich gehöre zu den altmodischen Politikern, die daran glauben, dass man das tut, was man sagt."

Nicht ausschlaggebend für die Androhung und Durchsetzung der Maßnahmen waren laut Juncker die Attacken Haiders gegen den französischen Staatspräsidenten und gegen die belgische Regierung bei seiner Geburtstagsfeier am 29. Jänner auf der Gerlitzen oberhalb des Ossiacher Sees. Der FPÖ-Obmann hatte beim Hüttenzauber wieder einmal seinen Emotionen freien Lauf gelassen. Jacques Chirac („Er weiß nicht, wovon er redet") war für ihn einer, „der in den vergangenen Jahren so ziemlich alles falsch gemacht hat, was man falsch machen kann". Zur belgischen Kritik fiel ihm nicht mehr ein als: Österreich verlange auch nicht die „Ablöse einer korrupten Regierung wie in Belgien".

---

[3] Hannes Androsch am 24. August 2000 im Magazin „News".

[4] Im Gespräch mit Margaretha Kopeinig am 14. September 2000.

VI

Viele Wochen schon hatte sich das europäische Gewitter zusammengebraut. Bereits im November 1999 hatte Chirac beim OSZE-Gipfel in Istanbul gegenüber der österreichischen Delegation Andeutungen über weit reichende Konsequenzen gemacht. Laut französischen Diplomaten versicherte Schüssel damals, er werde nie eine Koalition mit Haider eingehen: „Jamais!"

Schüssels Aussage dürfte eine der maßgeblichen Ursachen für die unnachgiebige Haltung des französischen Staatspräsidenten gegenüber der schwarzblauen Koalition gewesen sein. Chirac fühlte sich offenbar von seinem österreichischen Parteifreund hintergegangen. Zu gut hatte er auch noch jene Worte des ÖVP-Obmanns, aber auch die des VP-Klubchefs Andreas Khol in Erinnerung, die früher stets die Beharrlichkeit des Gaullisten-Führers unterstützt und gelobt hatten, den Verlockungen der Front National des Rechtsextremisten Jean-Marie Le Pen zu widerstehen. Sie ließen Chirac glauben, sie würden nie mit der europafeindlichen Haider-Partei koalieren. Das hatte der ÖVP-Chef auch im Februar 1999 öffentlich erklärt: Die FPÖ scheide als Partner aus: „Wenn also eine Koalition mit den Freiheitlichen, dann nur eine mit den FPÖ-Wählern, aber nicht mit der FPÖ und Jörg Haider."[5]

Dass eine schwarzblaue Regierung nicht einfach hingenommen würde, zeigte sich auch am 26. Jänner bei der internationalen Holocaust-Konferenz in Stockholm, zu der Regierungschefs, Wissenschafter und Zeitzeugen aus 47 Staaten kamen. Teilnehmer waren u. a. der deutsche Kanzler Gerhard Schröder, Frankreichs Premier Lionel Jospin, Schwedens Ministerpräsident Göran Persson, der niederländische Ministerpräsident Wim Kok, der israelische Regierungschef Ehud Barak und Friedensnobelpreisträger Elie Wiesel.

---

[5] Zitiert nach: Hubertus Czernin (Hg.): Der Westentaschen-Haider. Wien 2000, S.8

Viktor Klima hielt eine zehnminütige Rede, in der er seine „große Sorge" wegen der Entwicklung in Österreich bekundete. Mit der informellen Vereinbarung sozialdemokratischer Konferenzteilnehmer, Maßnahmen gegen eine schwarzblaue Regierung auszuarbeiten, hatte der Kanzler wenig zu tun – er war nur kurz bei der Konferenz anwesend. Er habe sich allerdings „dem nicht entgegengestellt", wurde später (am 17. Juni bei einem Hintergrundgespräch in Wien) von einem deutschen Spitzendiplomaten berichtet.

Die Veranstaltung hatte ihre eigene Dynamik: Während im „Folket Hus" über angemessene Formen der Erinnerung an die Verbrechen der Nationalsozialisten diskutiert wurde, verhandelte in Helsingborg das Amtsgericht gegen drei führende Neonazis wegen massenhafter Verbreitung von rassistischer Gewaltpropaganda. Der französische Anwalt Serge Klarsfeld erinnerte in seiner Rede zunächst an seinen in Auschwitz ermordeten Vater; wenig später meinte er, mangelnde Erinnerung an den Holocaust führe zu Entwicklungen wie dem Aufstieg Haiders.

Bei dieser Konferenz, schrieb später das „Svenska Dagbladet", entwickelte sich eine Tendenz zum Rituellen, eine Art „Beschwörungs-Religion" in Sachen Holocaust und Rechtsextremismus. Eine scharfe Reaktion auf die Vorgänge in Österreich war die logische Folge. Die Schweden waren nach den neonazistischen Zwischenfällen in ihrem Land „sehr bemüht, ihr Gutmenschentum unter Beweis zu stellen", hieß es in deutschen Diplomatenkreisen. Parteipolitische Überlegungen seien zweitrangig gewesen. Schröder sei schnell bereit gewesen, bei einer Aktion gegen eine Regierung Schüssel-Haider mitzumachen, weil er sich deutlich von einer österreichischen Rechtsregierung distanzieren wollte.

Die Sozialdemokraten vereinbarten ein deutliches Zeichen gegen Schwarzblau, der verbale Ausdruck von Besorgnis, so war man einig, würde in diesem Fall nicht reichen. Der EU sollte allerdings kein Schaden entstehen. Über eine „Exit-Strategie", so gab man später selbstkritisch zu, wurde nicht nachgedacht.

Bis zu einem gewissen Grad zeigt sich, dass in mehreren europäischen Ländern das Dritte Reich, vor allem die Beteiligung an den Verbrechen des Nationalsozialismus, nicht bewältigt ist. Jeder hat hier seine Schuld, wenn auch in unterschiedlichem Ausmaß, zu tragen. Die Franzosen durch das Vichy-Regime, mit dem einst immerhin auch der Chirac-Vorgänger Francois Mitterand sympathisiert hatte: Das damalige Frankreich hatte bei der Deportation seiner jüdischen Bevölkerung mitgewirkt. Holländer und Belgier sympathisierten mit der Rassenpolitik Hitlers. Auch Dänemark hatte seine Kolloborateure, Schweden profitierte von den „Arisierungen" jüdischen Vermögens. Italiens Faschisten standen an der Seite des Dritten Reiches. Und Deutschland kämpft nach wie vor mit der Bewältigung der historischen Schuld, wie die immer wieder aufbrechenden Diskussionen zeigen, etwa die Historiker-Debatte, oder die Auseinandersetzung um die Rede Martin Walsers 1998 anlässlich der Verleihung des Friedenspreises des deutschen Buchhandels, oder der zum Teil emotionale, fast schon feindselige Widerspruch, den der amerikanisch-jüdische Autor Daniel Jonah Goldhagen mit seinem Buch „Hitlers willige Vollstrecker" provozierte. Vor diesem Hintergrund ist auch die später gemachte Aussage Schröders zu sehen, Deutschland könne „aus ganz bestimmten Gründen" (bei der Aufhebung der Sanktionen) keine Vorreiterrolle spielen.

Bis zu einem gewissen Grad kann man daher sagen, dass die gegen die neue österreichische Bundesregierung erlassenen bilateralen Maßnahmen der historischen Selbstentschuldigung dienten. Österreichs viel bekrittelter Umgang mit der eigenen Geschichte und Haiders ständige Provokationen in Sachen Nationalsozialismus waren eine ideale Rechtfertigung für eine Projektion der europäischen Gesamt- und Individualschuld auf die einstige „Insel der Seligen". Sie waren aber auch ein kollektives Bekenntnis gegen die neuen rechtspopulistischen und rechtsextremen Bewegungen in den eigenen Ländern.

VII

Der stärkste Druck auf die portugiesische Präsidentschaft, entschlossen zu handeln, kam von Belgien. Am 27. Jänner hatten der liberale Ministerpräsident Guy Verhofstadt und sein Außenminister Louis Michel den Ratsvorsitzenden Antonio Guterres in einem Brief aufgefordert, wegen der politischen Entwicklung in Österreich eine gemeinsame Reaktion der EU-Partner auszuarbeiten. In einem weiteren Fax an die portugiesische Präsidentschaft verlangten die Belgier, so rasch wie möglich einen Außenministerrat einzuberufen. Verhofstadt wollte dieses Treffen, damit die EU-Staaten dem österreichischen Außenminister Schüssel direkt ihre Bedenken mitteilen könnten. Verhofstadt wies auf die „demokratischen Werte" hin, auf denen die EU gegründet sei, und brachte seine „tiefe Besorgnis" über die Regierungsverhandlungen zwischen ÖVP und Freiheitlichen zum Ausdruck.

Die belgische Regierungsspitze informierte über das Schreiben an Guterres und die Aufforderung zu handeln auch Chirac. Dieser wurde unverzüglich aktiv. In einem Telefonat sicherte sich Chirac die Unterstützung des konservativen spanischen Ministerpräsident Jose-Maria Aznar.

Es waren also liberale und konservative Politiker, die beim Beschluss der 14 die Hauptrollen einnahmen. Entwickelt wurden die Maßnahmen vom liberalen belgischen Außenminister und Vize-Premierminister Louis Michel, dem Sohn eines NS-Opfers. Sein Vater war von den Nazis deportiert worden und starb nach der Befreiung an den Folgen der Gefangenschaft.

Neben dem Belgier waren Chirac und Aznar die treibenden Kräfte. Ihr Vorgehen wurde dadurch begünstigt, dass die europäischen Sozialdemokraten bereits ähnliche Überlegungen angestellt hatten. Die Version einer roten Verschwörung sei „abwegig", sagte der Christdemokrat Juncker: „Die Sozialistische Internationale kann Konservative nicht über den Tisch ziehen".[6]

---

[6] Gespräch am 14. September.

Dutzende Telefonkontakte zwischen den Staatskanzleien folgten. Am Wochenende von Samstag, 29. bis Montag, 31. Jänner erreichte die Hektik ihren Höhepunkt. Zwei Fragen beschäftigten die 14: Welche Maßnahmen ergreifen wir? Und in welcher Form?

Die engsten Mitarbeiter der Regierungschefs (die so genannten „Sherpas") wurden beauftragt, in ständiger fernmündlicher Verbindung einen Maßnahmenkatalog zu erstellen. Wieder war Frankreich federführend. Am 29. Jänner bestätigte Chiracs Sprecherin Catherine Colonna, Paris habe „bereits Vorschläge für gemeinsame Maßnahmen" gemacht; Einzelheiten wolle sie noch nicht nennen. Der Zeitablauf zeigt, dass die in Österreich weit verbreitete Theorie, ein tobender Chirac habe als spontane Antwort auf Haiders Tiraden die Sanktionen veranlasst, falsch ist. Catherine Colonna gab ihre Erklärung in den Mittagstunden ab[7], Haider hielt seine Brandrede gegen Chirac in Kärnten erst am späten Nachmittag.

Da war der Maßnahmenkatalog bereits weit gediehen. Darüber informierte Chirac an diesem Samstag in einem Telefonat auch Guterres. Der französische Staatspräsident sprach laut „Agence France Presse" von „raschen Vergeltungsmaßnahmen für den Fall, dass in die österreichische Bundesregierung die extreme Rechte einziehen würde", und er machte dem EU-Ratsvorsitzenden „eine gewisse Anzahl von Vorschlägen in diesem Sinn". Verantwortlich auf deutscher Seite war Michael Steiner, außenpolitischer Berater von Schröder.

Schließlich wurden drei Punkte formuliert und von den Staats- und Regierungschefs per Rundruf beschlossen: keine zwischenstaatlichen Kontakte mit einer Regierung, der die FPÖ angehört; keine Unterstützung österreichischer Bewerber in internationalen Organisationen; österreichische Botschafter in EU-Hauptstädten werden nur auf technischer (nicht auf politischer) Ebene empfangen.

---

7 APA-Meldung 14.28 Uhr.

Juncker sagt, er habe in seinem letzten Telefonat mit Antonio Guterres Montagmittag darauf gedrängt, diese Erklärung nicht öffentlich zu machen, sondern die Angelegenheit gemeinsam mit Schüssel in einem Außenministerrat zu diskutieren. Mit diesem Wunsch blieb der Luxemburger allein.

Die Veröffentlichung der Maßnahmen der EU-14 erfolgte am Montag Nachmittag um 17.45 Uhr. Sie sollten in Kraft treten, sobald die schwarzblaue Regierung ihr Amt antritt. Bundespräsident Klestil, Kanzler Klima und Außenminister Schüssel waren von Guterres vorinformiert worden. Zu Klestil sagte Guterres bei dieser Gelegenheit, der Bundespräsident solle die Erklärung bekannt machen. Klestil erwiderte sinngemäß, niemand könne vom Opfer verlangen, das Urteil bekannt zu machen, das müsse schon Guterres tun.

So stellt Thomas Klestil den Vorgang dar: Er habe nicht die Sanktionen verlangt, sondern nur die Veröffentlichung des Boykottbeschlusses durch die EU-Präsidentschaft erwirkt. Dessen ungeachtet wird der Bundespräsident nach wie vor verdächtigt, er habe bei den Staats- und Regierungschefs eine konzertierte Aktion verlangt oder zumindest gefördert. Einen entsprechenden Bericht brachte etwa das Münchner Nachrichtenmagazin „Focus" in der ersten Februarwoche. Unter Berufung auf „außenpolitische Kreise" in Berlin hieß es, der deutsche Kanzlerberater Steiner habe auf einen solchen „Wunsch aus Österreich" hingewiesen. Ähnliche Berichte erschienen Anfang Februar in den dänischen Zeitungen „Extra Bladet" und „Jyllands-Posten" unter Berufung auf mehrere, verschiedenen Parteien zugehörige Mitglieder des Außenpolitischen Ausschusses des Parlaments in Kopenhagen: Klestil und Klima hätten die EU-Staaten um Sanktionsdrohungen ersucht. Auch die französische Nachrichtenagentur AFP meldete unter Hinweis auf nicht näher spezifizierte „Regierungskreise", Klestil habe Chirac sein Einverständnis für eine EU-Aktion gegeben, um eine Regierungsbeteiligung der FPÖ zu verhindern.

Alle diese Meldungen wurden von der Hofburg dementiert.

Auch die französische Präsidentschaftskanzlei stellte in einer (in dieser Form ungewöhnlichen) Mitteilung am 2. Februar fest, Klestil habe bei Chirac „keinerlei konkrete Bitte“ deponiert. Es könne sich bei all diesen Behauptungen und Mutmaßungen allenfalls um ein Missverständnis gehandelt haben, heißt es in der Hofburg. Klestil habe bei vielen internationalen Kontakten die innenpolitische Lage geschildert und seine Vorbehalte gegen eine schwarzblaue Regierung dargelegt – dies sei möglicherweise da oder dort überinterpretiert worden.

VIII

Am Nachmittag des 1. Februar begann die letzte Runde der Regierungsverhandlungen von ÖVP und FPÖ. Zuvor betonte Haider, er habe sich „noch nie durch Druck von außen irritieren lassen“ und hoffe, dass dies auch bei Klestil der Fall sei (inzwischen hatten auch die USA gedroht, eine Koalition mit Einschluss der FPÖ werde Auswirkungen auf die bilateralen Beziehungen haben). Schüssel hatte angedeutet, das Vorgehen der EU-14 könnte „möglicherweise auch eine Gefährdung für die Einheit der Europäischen Union bedeuten“.

Während im Lokal VIII des Parlamentsgebäudes 33 Kamerateams und Scharen von Journalisten aus aller Welt auf die Abschluss-Pressekonferenz warteten, belagerten 300 Demonstranten die Zugänge zum Hohen Haus. Kurz nach 22 Uhr gaben Schüssel und Haider bekannt, sie hätten sich auf den Inhalt des Koalitionsabkommens geeinigt. Der ÖVP-Chef fügte hinzu, die beiden Parteien hätten den Bundespräsidenten gebeten, er möge der neuen Regierung eine Präambel mit auf den Weg geben. Damit werde versucht, die berechtigten Sorgen in Europa ernst zu nehmen und „ihnen von vornherein die Spitze abzubrechen“.

Der Öffentlichkeit wurde Klestil als Verfasser des Bekenntnisses der künftigen Koalitionsparteien zu den europäischen

Grundwerten präsentiert. VP-intern gilt als gesichert, dass Schüssel der Autor aller wesentlichen Passagen war; die Präsidentschaftskanzlei habe nur einen Satz eingefügt. Jedenfalls erhielten christdemokratische Regierungschefs in Europa den Entwurf für die Präambel aus dem Außenamt in Wien, noch ehe der Bundespräsident ihn hatte.

Die letzten Stunden der Regierungsbildung waren von ausufernden Demonstrationen gekennzeichnet. „Kein Schlüssel für Schüssel", skandierten 15.000 Gegner von Schwarzblau vor der ÖVP-Zentrale in der Lichtenfelsgasse und auf dem Ballhausplatz.

Klestil demonstrierte auf seine Art. Nicht in einer vom ORF ausgestrahlten Rede an die Nation, wie es der Anlass wohl verlangt hätte, sondern im Magazin „News", wo er einst seine Ehekrise öffentlich gemacht hatte, verkündete er, wenn er diese Regierung angeloben sollte, „dann nicht aus persönlicher Überzeugung, denn ich fürchte, dass Österreich international Schaden zugefügt wird". Zum Verhalten der ÖVP seit dem Wahlkampf meinte er, „bei diesem Zick-Zack-Kurs muss einem geradlinigen Politiker wie mir die Gänsehaut aufsteigen. Ich vermisse Verlässlichkeit und Berechenbarkeit".

Dennoch akzeptierte der Bundespräsident am 3. Februar nach Streichung von zwei FPÖ-Vorschlägen (Verteidigungsminister Hilmar Kabas, Innovationsminister Thomas Prinzhorn) das Programm und die Ministerliste der von ihm ungewünschten Regierung. Verfassungsgeschichtlich ist das ein einmaliger Vorgang. Zum erstenmal in der Geschichte der Zweiten Republik wurden Koalitionsgespräche zwischen zwei Parteien ohne Auftrag des Bundespräsidenten aufgenommen und erfolgreich abgeschlossen. Und zum erstenmal ließ sich ein österreichisches Staatsoberhaupt einen Kanzler aufzwingen, der nicht sein Kandidat war. Die sichere parlamentarische Mehrheit von ÖVP und FPÖ hatte somit das verfassungsgemäße Recht des Bundespräsidenten außer Kraft gesetzt. Thomas Klestil nahm dies – und seine persönliche Niederlage

– mit steinerner Miene während der Angelobungszeremonie am 4. Februar zur Kenntnis. CNN übertrug live.

Die Zeremonie in der Hofburg war von Zusammenstößen zwischen Polizei und Demonstranten auf dem Ballhausplatz überschattet. In diesen Stunden packte Israels Botschafter Nathan Meron die Koffer, und der Wiener Erzbischof Kardinal Christoph Schönborn rief „aus Sorge um die Einheit in diesem Land“ zum Gebet auf. Eine Pressekonferenz im Erzbischöflichen Palais hielt Schönborn „bewusst“ vor einem Bild, das beim Sturm der Hitlerjugend beschädigt worden war.

IX

Ab der Angelobung der neuen Regierung wurden die Maßnahmen der EU-14 wirksam. Sie sollten „diese Regierung auf das Schnellste zerschlagen“, wie der belgische Außenminister Louis Michel formulierte. Jacques Chirac bekräftigte, die Sanktionen würden aufrecht erhalten, „solange eine extremistische, fremdenfeindliche Partei in der Regierung ist“.

Portugal, das als EU-Vorsitzland gewisse Rücksichten nehmen musste, versuchte die Wogen etwas zu glätten und teilte mit, alle österreichischen Regierungsmitglieder auch zu informellen Treffen einzuladen.

Die Teilnahme Österreichs bei formellen Räten stand immer außer Frage. Gemäßigter als auf der politischen Ebene spielte sich von Anfang an der Kontakt mit der Kommission ab. Kommissionspräsident Romano Prodi sprach in einem Glückwunschtelegramm an den Kanzler die Hoffnung auf „fruchtbringende Zusammenarbeit“ aus. Zugleich appellierte er an Schüssel, an der Verantwortung für Europa festzuhalten.

Den ersten „Sanktions“-Test musste Außenministerin Benita Ferrero-Waldner absolvieren. Bei ihrem Auftritt als amtierende OSZE-Vorsitzende verließen die belgische und französische Delegation während ihrer Rede den Konferenzsaal in der Hofburg.

Zur Groteske geriet der Auftritt von FPÖ-Sozialministerin Elisabeth Sickl am 11. Februar beim EU-Ministerrat in Lissabon. Die auf dem internationalen Parkett total unerfahrene Kärntnerin wurde auf Schritt und Tritt von Medienvertretern aus ganz Europa verfolgt. Der österreichische Botschafter in Portugal, Wolfgang Kriechbaum, hatte der Ministerin eingeschärft, nur kurze Stellungnahmen abzugeben und sich von den Journalisten nicht in Diskussionen verwickeln zu lassen. Sickl hielt sich vorerst an die Vereinbarung und machte damit passable Figur. Als sie dann doch zu einer weitschweifigen Erklärung ansetzte, wurde sie vom Botschafter höflich, aber bestimmt vom Pressegespräch hinauskomplimentiert. Im Konferenzsaal war Sickl vergleichsweise sicher, denn sie wurde von den meisten Kollegen bewusst ignoriert. Die Ministerinnen aus Belgien und Frankreich gaben ihr nicht einmal die Hand, verließen bei Sickls Wortmeldung den Raum – und ließen sich draußen als Widerstandskämpferinnen feiern.

Ähnlich erging es in der Folge anderen FP-Ministern. Manche wollten sich der fortgesetzten Peinlichkeit nicht aussetzen und absolvierten nur Teile des jeweiligen Tagungsprogramms. Unbeeindruckt von Äußerlichkeiten zeigten sich Finanzminister Karl-Heinz Grasser und Verteidigungsminister Herbert Scheibner.

Eine offensive Strategie verfolgte von Anfang an Außenministerin Benita Ferrero-Waldner. Bei ihrer ersten Zusammenkunft bei einem formellen Außenminister-Treffen am 14. Februar in Brüssel erschienen die meisten ihrer Kollegen zu spät, um Ferrero-Waldner nicht die Hand schütteln zu müssen. Die Ministerin erduldete den Affront mit eingefrorenem Lächeln und mühte sich weiter Gesprächspartner zu finden. Altgediente Protokollbeamte sagten später, sie hätten sich für „dieses unwürdige Theater“ geschämt.

Zu einem Medienspektakel entwickelte sich Ferrero-Waldners Pressekonferenz. Vor mehr als 30 Kameras und Hunderten Journalisten gab sie eine Erklärung zum Programm der neuen Regierung ab. „Bewerten Sie uns nach unseren Taten!“, flehte sie in Englisch, Französisch und Spanisch. „Und lassen Sie Herrn Haider, wo er ist. Nämlich in Kärnten“.

Der Eifer der 14 bei symbolischen Protestaktionen gegen österreichische Regierungsmitglieder erlahmte, sobald in der internationalen Presse die Lächerlichkeit des Vorgangs breit angeprangert wurde. Der diplomatische Boykott beschränkte sich auf bilaterale Kontakte und Absprachen auf höchster Ebene. Betroffen waren in den ersten Wochen nach Verhängung der Sanktionen Schüler und Studenten. Im französischsprachigen Teil Belgiens, der Wallonie, hatten die Behörden die Schulen aufgerufen, ihre Skiurlaube in Österreich abzusagen. In Frankreich wurden Austauschprogramme mit österreichischen Schülern gestoppt. Belgien Außenminister Louis Michel erklärte Skifahren in Österreich für unmoralisch – eine Aussage, die er später wegen angedrohter rechtlicher Schritte zurückzog: „Ich habe eine Ungeschicklichkeit, fast eine Geschmacklosigkeit begangen.“

In keinem Verhältnis zu den Maßnahmen der EU-14 stand auch die Ausladung der Österreich-Werbung von der Tourismusmesse in Brüssel. Starken Eindruck nicht nur im Inland hinterließ das „Österreich-Gespräch“ des ORF, das auf Initiative von Generalintendant Gerhard Weis zustande kam. Schüler des Wiener Theresianums beklagten die Diskriminierung bei einem Jugendparlament in Straßburg: „Wir wurden als Rassisten und Nationalsozialisten beschimpft.“ Ein Lehrer sprach von einer „schrecklichen Erfahrung“. Die Wirkung dieser Aussagen war stärker als alle Politikerreden an diesem Abend. Rund 1,4 Millionen Österreicher sahen die mehr als dreistündige Live-Sendung, im ORF-Kundendienst gingen 1.400 Anrufe ein. Allerdings, so berichtete anderntags „Der Standard“, seien bei der Debatte auch Kärntner Schüler gesessen, die ihrerseits ganz andere, nämlich wesentlich positivere

Erfahrungen bei einem internationalen Schüler-Treffen gemacht hatten. Sie kamen beim „Österreich-Gespräch" nicht zu Wort.

X

Längst war die Causa Österreich zu einem Exerzierfeld politischer Propaganda geworden. Innenpolitisch, aber auch im Streit mit den EU-14 ging es um die Lufthoheit über den Stammtischen. Diese hatte die Regierung bald gewonnen. Im Land sprach man immer weniger von „Maßnahmen gegen die Bundesregierung", sondern von „Sanktionen gegen Österreich". Die Oppositionsparteien konnten sich dieser Stimmung nicht entziehen. Während der grüne Bundessprecher Alexander Van der Bellen rasch begriff, dass in der aufgeladenen Atmosphäre durch eine ausschließliche Anti-Regierungspolitik nichts zu gewinnen war, konnten die Sozialdemokraten ihr Dilemma nicht verbergen. Die anfängliche Hoffnung der SPÖ, die neue Regierung würde an den Sanktionen zerbrechen, erwies sich schnell als trügerisch. Auch der inszenierte Schulterschluss mit den Demonstranten half der Sozialdemokratie nicht weiter. Danach galt es für Klima-Nachfolger Alfred Gusenbauer nur noch größeren Schaden von seiner Partei abzuwenden. Unter den gegebenen Umstände ein hoffnungsloses Unterfangen.

Die Auswüchse überzogener Reaktionen einzelner Behörden und Politiker in den EU-Staaten wurden nicht nur in Österreich, sondern bald auch EU-weit verurteilt. Als die Stimmung unter den Österreichern immer EU-skeptischer wurde, in Dänemark die Mehrheit für die Einführung des Euro schwand und sich das Instrument der Sanktionen als wenig wirksam herausstellte, ergriffen drei Regierungschefs die Initiative. Finnlands Premierminister Paavo Lipponen, Luxemburgs Jean-Claude Juncker und Spaniens Jose-Maria Aznar begannen im

April den Plan eines „Monitorings“ zu lancieren und diesen auch der österreichischen Regierung schmackhaft zu machen. Beim informellen Außenministerrat Anfang Mai auf den Azoren nannte Ferrero-Waldner den Vorschlag eines „objektiven Überwachungssystems“ einen „besonders interessanten“ Lösungsansatz. Sie sei offen für eine Beobachtung durch unabhängige Persönlichkeiten oder Institutionen, wenn ein Zeitrahmen festgelegt werde.

Bei diesem Ministerrat auf den Azoren wurde deutlich, dass die Front der EU-14 Risse bekam. Irland, Italien, Spanien, Griechenland, Luxemburg, Dänemark und Finnland wollten einen geordneten Rückzug, auch wenn in der Öffentlichkeit noch immer anders lautende Erklärungen abgegeben wurden. Deutschland, Großbritannien, Belgien und Frankreich meinten dagegen, die Maßnahmen müssten bleiben, jedes Nachgeben würde nur Haider stärken.

Die ÖVP hatte anfangs nichts gegen ein Monitoring. Am 10. Februar hatte die Europäische Volkspartei (EVP) ein formelles Ausschlussverfahren eingeleitet. Drei Parteien, die belgischen wallonischen Christdemokraten, die italienische Volkspartei PPI und die französische Zentrumspartei UDF, hatten einen Ausschlussantrag gegen die ÖVP wegen ihrer Koalition mit der „rechtsextremen FPÖ“ gestellt.

Nur einmal in der Geschichte der 1974 gegründeten EVP gab es ein solches Ausschlussverfahren: 1993 wurde die portugiesische Partei CDS (Christlich-Soziales Zentrum) hinausgeworfen, nachdem sie sich von einer Zentrumspartei zu einer rechtspopulistischen Partei gewandelt hatte.

Über ein Ausschlussverfahren gegen die ÖVP gingen die Meinungen in der EVP weit auseinander. Entschiedener Gegner war die CDU/CSU-Delegation, die vermutlich die Mehrheit in der EVP auf ihrer Seite hatte. Um die Ausschluss-Debatte nicht eskalieren zu lassen, wurde bei einer Sitzung des Politischen Büros in Brüssel der ÖVP eine zweimonatige Bewährungsfrist eingeräumt. Am 5. April stimmte die Volkspartei einer Beobachtermission zu. Bis zur Vorlage des Berichts verzichte sie auf die Anwesenheit in hochrangigen EVP-Gremien.

Am 6. Juni trat der 120-köpfige EVP-Vorstand in Brüssel zusammen, um über den Bericht der drei Europa-Abgeordneten – des Deutschen Hartmut Nassauer, des Niederländers Wim Van Velzen und des Spaniers Gerardo Galeote – zu diskutieren. Der Report war positiv für die ÖVP. Die Beobachtergruppe empfahl die ÖVP zu rehabilitieren und sie wieder in alle EVP-Entscheidungen einzubinden. Begründung: Die Regierungspolitik der ÖVP, das Regierungsprogramm mit der Präambel und die Regierungserklärung stimmten mit den grundlegenden politischen Richtlinien der EVP überein. Mit großer Mehrheit wurde die Resolution über die Mitarbeit der ÖVP angenommen. Nur die wallonischen Christdemokraten stimmten dagegen.

Eine deutliche Ermahnung gab es im Bericht der drei Abgeordneten für den Bundeskanzler und ÖVP-Obmann: „Wir erwarten und vertrauen darauf, dass Schüssel, wenn sich die Notwendigkeit ergeben wird, alle öffentlichen Äußerungen von Ministern, die nicht in Übereinstimmung mit der Regierungspolitik sind, [...]rügen oder korrigieren wird."

Scharf gingen die drei konservativen Parlamentarier mit der SPÖ ins Gericht. „Wir verurteilen die Haltung der SPÖ, die einerseits im österreichischen Parlament eine sehr viel härtere Haltung der Regierung gegenüber der von den anderen 14 Mitgliedstaaten verhängten Sanktionen fordert und gleichzeitig Druck auf die anderen sozialdemokratischen Parteien, die Mitglieder der Sozialistischen Internationale in Europa, ausübt, an diesen Sanktionen festzuhalten."

Mit Blick auf den Aktionsplan der Bundesregierung gegen die Sanktionen und auf die geplante Volksbefragung kamen die Experten zum Schluss: „Wir hoffen, dass alle in der EU beteiligten Seiten ein Verfahren beschließen, das auf einen Ausweg zielt und einen möglichen institutionellen Stillstand verhindert. Wir können nur unsere Besorgnis ausdrücken, dass eine öffentliche Befragung in Österreich zu den Sanktionen sich möglicherweise zu einem Faktor entwickeln kann, der es schwieriger machen wird, eine akzeptable Lösung zu finden: Deswegen hoffen wir, dass diese nicht stattfinden wird."

Positiv wird im Bericht erwähnt, dass die Regierung in den ersten Monaten einige wichtige Gesetze und Initiativen verabschiedet habe, etwa zur Integration von Immigranten und zur Verbesserung der Lage der Minderheiten. Gewürdigt wird weiters die Ernennung von Erhard Busek zum Regierungsbeauftragten für die EU-Erweiterung und die „Versöhnungskonferenz" über die Entschädigung von NS-Zwangsarbeitern.

XI

Die FPÖ war von Anfang an gegen jede Beobachtung. Das hatte Folgen für die Regierungspolitik: Von einem Monitoring war im Brief des Kanzlers vom 9. Mai an die 14 Regierungschefs nicht mehr die Rede. „Jetzt sind die 14 am Zug", sagte er am selben Tag nach dem Ministerrat.

Am 12. Mai plädierte EU-Kommissär Fischler für „ein Beobachtungsverfahren als Ausweg aus den Sanktionen". In einem Interview mit der in Brüssel ansässigen Nachrichtenagentur „vwd" erklärte er, wie wichtig es wäre ein Instrument zu finden, „bei dem niemand das Gesicht verliert". Die Sanktionen hätten in Europa den „Diskurs über europäische Werte ungemein befördert" und auch in Österreich zum Nachdenken angeregt. Mittlerweile stelle sich aber „eine gewisse Ratlosigkeit ein", wie man wieder herauskomme.

Fischler nannte als möglichen Ausweg ein Beobachtungsverfahren, wie es die Europäische Volkspartei gegenüber der ÖVP gefunden habe. Auch eine Reform der Artikel 6 und 7 des EU-Vertrages zu den demokratischen Standards in der Union und deren Überwachung könnten einen Beitrag leisten.

Am 13. Mai sprach sich Ferrero-Waldner für eine „befristete Beobachtung Österreichs durch eine Art Weisenrat" aus, wenn dafür die Sanktionen ausgesetzt würden. Am gleichen Tag bezeichnete FPÖ-Klubobmann Peter Westenthaler ein Monitoring-Verfahren als „völlig ausgeschlossen". Tags darauf sagte er, er wolle nicht, „dass Österreich in eine Reihe mit Uganda und Albanien gestellt wird. Wir brauchen keinen Big Brother".

Lipponen, Aznar und Juncker verfolgten ihren Plan weiter, wie sie am 19. Mai in Madrid vereinbart hatten. Zuletzt mussten sie allerdings erkennen, dass sie die erwartete Mitarbeit Österreichs nicht bekommen würden. „Schüssel hat den Plan sabotiert", erklärt ein Mitarbeiter von Lipponen. „Er hat seine Parteifreunde in Europa brüskiert und sich der FPÖ unterworfen".

Die Drohung mit der Volksbefragung nahmen die EU-14 ernst, weil sie in der Folge ein Veto Österreichs bei der Regierungskonferenz fürchteten. Gleichzeitig wollten sie nicht den Eindruck erwecken, sie würden unter dem Druck der Koalitionspropaganda weich werden.

Den Ausweg wiesen schließlich die Portugiesen. Sie fanden mit dem Europäischen Gerichtshof für Menschrechte eine Institution außerhalb der EU-Strukturen, die drei „Weise" mit einem Bericht über die Regierungsarbeit und die „Entwicklung der politischen Natur der FPÖ" beauftragen sollte. Guterres brachte nach dem EU-Gipfel von Feira Ende Juni Chirac dazu dieser Variante zuzustimmen. Am 29. Juni waren alle 14 einig, die Lage in Österreich zu „evaluieren". Am 12. Juli ernannte Gerichtspräsident Luzius Wildhaber die „Weisen" Ahtisaari, Oreja und Frowein.

Am Freitag, den 8. September, legten die drei ihren Bericht vor. Bereits am Donnerstag war das Dokument in einer spanischen Version – wahrscheinlich von Oreja – der Zeitung „El Pais" zugespielt worden. Durch diese vorzeitige Veröffentlichung war sichergestellt, dass der Bericht nicht in letzter Minute verändert würde. Seit diesem Tag halten sich die Gerüchte von Dissonanzen zwischen den drei „Weisen". Oreja, so heißt es, sei der einzige gewesen, der eine Empfehlung zur Aufhebung der Maßnahmen befürwortet habe. Deshalb sei der noch unfertige Bericht an „El Pais" weitergereicht worden, um Ahtisaari und Frowein vor vollendete Tatsachen zu stellen. Ursprünglich wollten die drei nämlich erst am 8. September mittags die Endredaktion des Berichtes vornehmen. Doch da war der Bericht schon öffentlich bekannt.

In Wiener ÖVP-Kreisen wird eine andere Darstellung der Ereignisse dieses Tages gegeben: Danach hätten alle drei Weisen gemeinsam die Vorveröffentlichung des Berichtes beschlossen, um dem befürchteten Druck des französischen EU-Ratsvorsitzenden für eine Abänderung des Reports zu entgehen.

XII

Die Sanktionen waren für alle 15 EU-Mitglieder und für die Beitrittskandidaten ein Lernprozess. Ein Grundfehler war die fehlende rechtliche Basis und die Vermischung von bilateraler und EU-Ebene. Von den Betreibern falsch eingeschätzt wurde der anhaltende Widerstand in Österreich, den die Regierung Schüssel I geschickt gefördert hatte. Doch es wurde allen klar, dass es in der Europäischen Union keine „inneren Angelegenheiten" gibt, sondern eine Verantwortung voreinander und füreinander. Dieses Bewusstsein stellt einen bleibenden Effekt der Maßnahmen dar, auch wenn von den drei erklärten Zielen der 14 (Verhinderung der Koalitionsbildung, Sturz der Regierung, unbefristete Aufrechterhaltung der Sanktionen) keines erreicht wurde. Ausgelöst wurde eine Debatte über bestimmte Grundwerte, die von der „Zivilgesellschaft" zu verteidigen sind.

Zu diskutieren ist allerdings, wer die „Zivilgesellschaft" tatsächlich ist. In Österreich scheint es seit Jahresanfang so zu sein, dass nur, wer Gegner der schwarzblauen Koalition ist, zur „Zivilgesellschaft" gehören kann. Dieser Anspruch sollte einer breiten Debatte unterzogen werden, damit der Begriff nicht ebenso missbräuchlich verwendet wird wie jener des regierungsamtlichen Patriotismus.

Zu Recht streichen die drei „Weisen" den wieder aufgeflammten Nationalismus in Österreich hervor. Politik nach Art von Fußball-Länderspielen zu gestalten, nationale Ressentiments zu wecken, so wie das während der Episode der bilateralen Maßnahmen oft der Fall war, ist nicht nur ein Rückschritt, sondern gefährdet die europäische Integration.

Die europäische Affäre um Österreich zeigt aber auch, wie schwach das Gemeinschafts-Bewusstsein und das Wissen voneinander ist. Nach 50-jährigem Bestehen der Gemeinschaft ist wenig von europäischer Öffentlichkeit und noch weniger von europäischer Demokratie zu spüren. Nach wie vor dominiert der nationale Blickwinkel die europäische Gegenwart, viel zu kurz ist die gemeinsame europäische Geschichte. Alte Vorurteile und scheinbar überwundene Allianzen, wie diese beim Balkankonflikt wieder sichtbar wurden, prägen nach wie vor das Europa der 15.

So gesehen könnte man auch sagen, dass die so genannten Sanktionen der unvollkommene und im konkreten Fall misslungene Versuch waren, das gemeinsame Europa zu stärken und zu vertiefen. Die bilateralen Maßnahmen der 14 Mitgliedsländer haben aufgezeigt, dass die Europäische Union über keine wirksamen Mechanismen verfügt, gegen Verletzungen europäischer Werte angemessen vorzugehen. Der „Fall Österreich" hat jedenfalls den Ruf nach einer Grundrechtscharta verstärkt und die Debatte über eine Europäische Verfassung angeregt. In Junckers Worten: „Ich gebe ja zu, dass die Maßnahmen keine gehobene Staatskunst waren. Aber sie haben einen Sinn gehabt – für Europa und für Österreich. Wäre der Schaden für Österreich und die EU nicht größer gewesen, hätten die 14 nicht reagiert?"

Der Weisen-Bericht

Bericht

von

Martti Ahtisaari
Jochen Frowein
Marcelino Oreja

angenommen am 8. September 2000 in Paris
(Deutsche Übersetzung/Original: Englisch)

Index

I. Das Eintreten der österreichischen Regierung für die gemeinsamen europäischen Werte, insbesondere für die Rechte von Minderheiten, Flüchtlingen und Einwanderern

1. Der internationale Rahmen zur Bestimmung gemeinsamer europäischer Werte
a) Maßstäbe für Menschenrechte und Grundfreiheiten
b) Maßstäbe für die Rechte nationaler Minderheiten
c) Maßstäbe für die Rechte von Flüchtlingen
d) Maßstäbe für die Rechte von Einwanderern

2. Das Eintreten der österreichischen Regierung für die Minderheitenrechte
a) Das österreichische Rechtssystem und die tatsächliche Situation
b) Die neue Minderheitenbestimmung in der österreichischen Verfassung
c) Sonstige Maßnahmen
d) Die „neuen Minderheiten“
e) Schlussfolgerungen in Bezug auf die Minderheitenrechte

3. Das Eintreten der österreichischen Regierung für die Rechte von Flüchtlingen
a) Die gegenwärtige tatsächliche Situation in Bezug auf Asylanträge in Österreich
b) Für Österreich verbindliche vertragliche Verpflichtungen
c) Österreichische Gesetzgebung
d) Die Rolle des UN-Hochkommissars für Flüchtlinge
e) Bereiche mit gewissen Problemen
f) Schlussfolgerungen in Bezug auf die Rechte von Flüchtlingen

4. Das Eintreten der österreichischen Regierung für die Rechte von Einwanderern
a) Die tatsächliche Situation in Bezug auf Einwanderer in Österreich
b) Österreichische Gesetzgebung
c) Das Programm der Bundesregierung
d) Schlussfolgerungen in Bezug auf die Rechte von Einwanderern

5. Das Eintreten der österreichischen Regierung für die Bekämpfung von Rassismus, Antisemitismus, Diskriminierung und Fremdenfeindlichkeit
a) Das Programm der Bundesregierung
b) Maßnahmen der Regierung in diesem Bereich
c) Schlussfolgerungen in Bezug auf die Bekämpfung von Rassismus, Antisemitismus, Diskriminierung und Fremdenfeindlichkeit

II. Die Entwicklung der politischen Natur der FPÖ

1. Der Rahmen für die Interpretation des Mandats
a) Der Grundsatz der Parteifreiheit und seine Grenzen
b) Das österreichische Parteienrecht

2. Die politische Natur der FPÖ
a) Die Geschichte und die politischen Positionen der FPÖ
b) Die Bildung der Koalitionsregierung
e) Der fortwährende Gebrauch zweideutiger Formulierungen durch führende Mitglieder der FPÖ
d) Angriffe auf die Freiheit der Kritik
e) Der Gebrauch von Beleidigungsverfahren durch die FPÖ
f) Das Verhalten der FPÖ in der Regierung

3. Schlussfolgerungen in Bezug auf die Entwicklung der politischen Natur der FPÖ

III. Allgemeine Schlussfolgerungen

1. In Bezug auf das Eintreten der österreichischen Regierung für die gemeinsamen europäischen Werte, insbesondere für die Rechte der Minderheiten, Flüchtlinge und Einwanderer

2. In Bezug auf die Entwicklung der politischen Natur der FPÖ

3. In Bezug auf die von den Vierzehn getroffenen Maßnahmen

4. Empfehlungen als Folge des Berichts

Annex I: Programm der Gespräche in Wien
Annex II: Programm der Gespräche in Heidelberg

Wir
Martti Ahtisaari, ehemaliger finnischer Staatspräsident,
Jochen Frowein, Direktor am Max-Planck-Institut für ausländisches öffentliches Recht und Völkerrecht, ehemaliger Vizepräsident der Europäischen Kommission für Menschenrechte,
Marcelino Oreja, Präsident des Instituts für Europastudien der San Pablo CEU Universität, ehemaliger spanischer Außenminister, ehemaliger Generalsekretär des Europarats, ehemaliges Mitglied der Kommission der Europäischen Gemeinschaften,
haben durch den Präsidenten des Europäischen Gerichtshofs für Menschenrechte ein Mandat der XIV erhalten,

„auf der Grundlage einer eingehenden Untersuchung einen Bericht vorzulegen über
– das Eintreten der österreichischen Regierung für die gemeinsamen europäischen Werte, insbesondere hinsichtlich der Rechte von Minderheiten, Flüchtlingen und Einwanderern;
– die Entwicklung der politischen Natur der FPÖ."

Der Präsident des Europäischen Gerichtshofs für Menschenrechte hat uns den an ihn gerichteten Brief des portugiesischen Premierministers übermittelt, nach dessen letztem Satz

„die XIV auf der Grundlage der Schlussfolgerungen dieses Berichts ihre bilateralen Beziehungen mit der österreichischen Regierung überprüfen werden."

Der Präsident des Europäischen Gerichtshofs für Menschenrechte hat uns auch seine Antwort an den portugiesischen Premierminister übermittelt, in der festgehalten wird, dass kein zeitlicher Rahmen für den Bericht vorgegeben wurde, und dass „ich folglich den ernannten Personen empfehlen werde, den Bericht so schnell wie irgendmöglich vorzulegen."

Erhalten haben wir das Mandat unmittelbar vor seiner Veröffentlichung in Form einer Presseerklärung durch den Kanzler des Europäischen Gerichtshof für Menschenrechte am 12. Juli 2000.

Nachdem wir uns entschieden hatten, das Mandat anzunehmen, waren wir übereinstimmend der Ansicht, dass wir die Arbeit sofort aufnehmen sollten. Schon wenige Tage nach dem 12. Juli erhielten wir von der österreichischen Regierung zusammengestellte Unterlagen.

Wir trafen uns am 20. Juli in Helsinki und erörterten im Einzelnen unsere künftige Vorgehensweise. Von Helsinki aus nahmen wir Verbindung mit der österreichischen Regierung auf, um zu klären, ob bereits am Ende der folgenden Woche ein Besuch in Wien möglich sei.

Nachdem die österreichische Regierung sich mit dem Zeitplan einverstanden erklärt und uns ihre volle Unterstützung zugesagt hatte, hatten wir vom Abend des 27. Juli bis zum Abend des Sonntags, des 30. Juli, verschiedene Treffen in Wien.

Auf der Grundlage unserer Vorschläge organisierte die österreichische Regierung eine Reihe von Gesprächen mit dem Bundespräsidenten, dem Bundeskanzler, mehreren Bundesministern, dem Präsidenten des Verfassungsgerichtshofes, den Volksanwälten, allen im österreichischen Parlament vertretenen Parteien, den Gewerkschaften und den Arbeitgebervertretern, der katholischen und der evangelischen Kirche und der jüdischen und der islamischen Glaubensgemeinschaft sowie der Vorsitzenden der Richtervereinigung.

Auf Wunsch der Platform of European Social Non Governmental Organizations (NGOs) trafen wir am 29. August 2000 im Max-Planck-Institut für ausländisches öffentliches Recht und Völkerrecht in Heidelberg Vertreter verschiedener österreichischer NGOs, die uns Informationen zu den im Mandat genannten Bereichen übermittelten. Am Nachmittag trafen wir auf ihren Wunsch die Vorsitzende der FPÖ und Vizekanzlerin Susanne Riess-Passer.

Nach den Gesprächen in Wien und Heidelberg und außerdem unter Berücksichtigung uns übermittelter schriftlicher Unterlagen erstellten wir den vorliegenden Bericht und nahmen ihn am 8. September 2000 in Paris einstimmig an.

Wir möchten der österreichischen Bundesregierung und allen

unseren Gesprächspartnern für die ausgezeichnete Vorbereitung der Treffen in Wien und Heidelberg, das substantielle Material und sämtliche uns gewährte Unterstützung danken.

I. Das Eintreten der österreichischen Regierung für die gemeinsamen europäischen Werte, insbesondere für die Rechte von Minderheiten, Flüchtlingen und Einwanderern

1. Der internationale Rahmen zur Bestimmung gemeinsamer europäischer Werte

1 Unser Mandat besteht im ersten Teil darin, das Eintreten der österreichischen Regierung für die gemeinsamen europäischen Werte in bestimmten Bereichen zu bewerten. Es ist deshalb wichtig, allgemein akzeptierte Standards für die gemeinsamen europäischen Werte zu ermitteln. In den im Mandat genannten Bereichen, den Rechten von Minderheiten, Flüchtlingen und Einwanderern, gibt es verschiedene rechtlich verbindliche, aber auch unverbindliche Dokumente, welche die positive Verpflichtung der Europäischen Staaten enthalten, die Menschenrechte und Grundfreiheiten, die pluralistische Demokratie und den Rechtsstaat zu schützen und zu fördern.

2 Zu den rechtsverbindlichen Verträgen gehören insbesondere der Europäische Unionsvertrag und die Europäische Konvention für Menschenrechte, die ausdrücklich in Art. 6 Abs. 2 des EU-Vertrags erwähnt wird. Die Rahmenkonvention zum Schutz nationaler Minderheiten und das Abkommen über die Rechtsstellung von Flüchtlingen müssen in diesem Zusammenhang ebenfalls berücksichtigt werden.

3 Der EU-Vertrag erklärt in Art. 6 Abs. 1 ausdrücklich: „Die Union beruht auf den Grundsätzen der Freiheit, der Demokratie, der Achtung der Menschenrechte und Grundfreiheiten sowie der Rechtsstaatlichkeit; diese Grundsätze sind allen Mitgliedstaaten gemeinsam." Die Mitgliedstaaten der EU sind des-

halb rechtlich dazu verpflichtet, für den Schutz und die Förderung der Menschenrechte einzutreten.

4 Unter den rechtlich nicht verbindlichen, aber im EU-Rahmen allgemein anerkannten Dokumenten ist die Erklärung gegen Rassismus und Fremdenfeindlichkeit besonders zu berücksichtigen, die am 11. Juni 1986 vom Europäischen Parlament, dem Rat, den im Rat vereinigten Vertretern der Mitgliedstaaten und der Kommission gemeinsam verabschiedet wurde.

5 Schließlich ist die Spruchpraxis der von der Europäischen Konvention für Menschenrechte errichteten Organe in diesem Zusammenhang von besonderer Bedeutung.

a) Maßstäbe für Menschenrechte und Grundfreiheiten

6 Die Europäische Konvention zum Schutz der Menschenrechte und Grundfreiheiten, die 1950 unterzeichnet wurde, bringt in ihrer Präambel zum Ausdruck, dass die Regierungen europäischer Staaten, die vom gleichen Geist beseelt sind und ein gemeinsames Erbe an politischen Überlieferungen, Idealen, Achtung der Freiheit und Rechtsstaatlichkeit besitzen, die ersten Schritte auf dem Weg zu einer kollektiven Garantie der in der allgemeinen Erklärung der Vereinten Nationen von 1948 aufgeführten Rechte unternehmen. Alle Mitgliedstaaten der Union haben die Konvention ratifiziert.

7 Von besonderer Bedeutung ist im vorliegenden Zusammenhang die in Art. 14 enthaltene klare Garantie der Nichtdiskriminierung beim Genuss der Rechte und Freiheiten, die in der Konvention anerkannt sind. Nach diesem Artikel sind die Rechte und Freiheiten der Konvention ohne Diskriminierung insbesondere wegen des Geschlechts, der Rasse, der Hautfarbe, der Sprache, der Religion, der politischen oder sonstigen Anschauung, der nationalen oder sozialen Herkunft, der Zugehörigkeit zu einer nationalen Minderheit, des Vermögens, der Geburt oder eines sonstigen Status zu gewährleisten. Die Konventionsorgane haben klargestellt, dass Rassen-

diskriminierung zu einer unmenschlichen oder erniedrigenden Behandlung führen kann, die Art. 3 der Konvention verletzt.

8 Nichtdiskriminierung ist ein grundlegendes Prinzip im Recht der Europäischen Union. Art. 13 EG-Vertrag gibt in seiner durch den Amsterdamer Vertrag geänderten Fassung dem Rat die Möglichkeit, Maßnahmen gegen Diskriminierung aus Gründen des Geschlechts, der Rasse, der ethnischen Herkunft, der Religion oder der Weltanschauung, einer Behinderung, des Alters oder der sexuellen Ausrichtung zu ergreifen. Am 29. Juni 2000 wurde eine Richtlinie angenommen, die bis Juli 2003 in allen Mitgliedstaaten umgesetzt worden sein muss. Diese Richtlinie setzt inhaltliche Maßstäbe, die in Übereinstimmung mit ihren Zielen von allen nationalen Behörden beachtet werden müssen. In dem neuen Entwurf für eine Charta der Grundrechte vom 28. Juli 2000 verbietet Art 21 jegliche Diskriminierung wegen des Geschlechts, der Rasse, der Hautfarbe, der ethnischen oder sozialen Herkunft, der Erbanlagen, der Sprache, der Religion oder Weltanschauung, der politischen oder sonstigen Anschauung, der Zugehörigkeit zu einer nationalen Minderheit, des Vermögens, der Geburt, der Behinderung, des Alters oder der sexuellen Ausrichtung.

9 Desgleichen ist die Meinungsäußerungsfreiheit als eines der wichtigsten Grundrechte im europäischen System anerkannt. Der neue Entwurf für eine Grundrechtscharta übernimmt in Art. 11 für den Schutz der Meinungsäußerungsfreiheit die Formulierung aus Art. 10 Abs. 1 der Europäischen Menschenrechtskonvention.

10 Der Europäische Gerichtshof für Menschenrechte hat in einer Reihe wichtiger Fälle klargestellt, dass Meinungsäußerungsfreiheit und Pressefreiheit von herausragender Bedeutung für einen demokratischen Staat sind. Insbesondere ist nach der verbindlichen Rechtsprechung des Europäischen Gerichtshofs für Menschenrechte von der Meinungsäußerungsfreiheit und der Pressefreiheit die Möglichkeit umfassend geschützt, die Regierung zu kritisieren und die von der Regierung eingeschlagene politische Richtung heftig anzugreifen.

11 Österreich hat die Europäische Menschenrechtskonvention 1958 ratifiziert, und es ist das einzige Land, in dem die Konvention Verfassungsrang genießt. Auf der Grundlage einer 1964 eigens zu diesem Zweck vorgenommenen Verfassungsgesetzgebung wurde die Europäische Menschenrechtskonvention Teil des österreichischen Verfassungsrechts.

b) Maßstäbe für die Rechte nationaler Minderheiten

12 Der Europarat nahm 1995 die Rahmenkonvention zum Schutz nationaler Minderheiten an, die wichtige Maßstäbe für den Minderheitenschutz in den Mitgliedstaaten der Europäischen Union setzt. Die Konvention trat für Österreich am 1. Juli 1998 in Kraft. Nach Art. 6 fördern die Vertragsparteien den Geist der Toleranz und des interkulturellen Dialogs und treffen wirksame Maßnahmen zur Förderung der gegenseitigen Achtung und des gegenseitigen Verständnisses sowie der Zusammenarbeit zwischen allen in ihrem Hoheitsgebiet lebenden Menschen, unabhängig von deren ethnischer, kultureller, sprachlicher oder religiöser Identität, insbesondere in den Bereichen Bildung, Kultur und Medien. Die Vertragsparteien verpflichten sich ausdrücklich, angemessene Maßnahmen zu treffen, um Menschen zu schützen, die wegen ihrer ethnischen, kulturellen, sprachlichen oder religiösen Identität diskriminierenden, feindseligen oder gewalttätigen Handlungen oder der Androhung solcher Handlungen ausgesetzt sein können.

13 Insgesamt haben 32 Staaten die Konvention ratifiziert, darunter 9 Mitgliedstaaten der Europäischen Union. Die Minderheitenvorschriften in dem Dokument des Kopenhagen-Treffens der Konferenz über die menschliche Dimension der KSZE im Juni 1990 wurden von allen EU-Mitgliedstaaten anerkannt.

c) Maßstäbe für die Rechte von Flüchtlingen

14 Alle Mitgliedstaaten der Europäischen Union sind durch die Genfer Flüchtlingskonvention von 1951 und das Änderungsprotokoll von 1967 gebunden. Nach Art. 33 der Genfer Konvention darf keiner der vertragschließenden Staaten einen Flüchtling auf irgendeine Weise über die Grenzen von Gebieten ausweisen oder zurückweisen („refouler"), in denen sein Leben oder seine Freiheit wegen seiner Rasse, Religion, Staatsangehörigkeit, seiner Zugehörigkeit zu einer bestimmten sozialen Gruppe oder wegen seiner politischen Überzeugungen bedroht sein würde. Das Dubliner Übereinkommen von 1990 hat diese Prinzipien innerhalb des Gemeinschaftssystems bestätigt, indem es Kriterien zur Ermittlung des für die Behandlung von in einem Mitgliedstaat gestellten Asylanträgen zuständigen Staats aufstellt. In dem neuen Entwurf für eine Grundrechtscharta der Europäischen Union garantiert Art. 18 das Recht auf Asyl auf der Grundlage der Genfer Flüchtlingskonvention von 1951 und des Änderungsprotokolls von 1967.

15 Mehrere vom Rat angenommene Akte haben seit dem In-Kraft-Treten des Vertrags von Maastricht die in den Bereichen Justiz und Inneres zwischen den Mitgliedstaaten bestehende enge Zusammenarbeit fortentwickelt, insbesondere in Bezug auf die in Asylverfahren zu beachtenden formalen Anforderungen, eine gemeinsame Definition des Flüchtlingsstatus' und das Problem der Lastenverteilung.

16 Der Europäische Gerichtshof für Menschenrechte hat klargestellt, dass Art. 3 der Europäischen Menschenrechtskonvention es den Mitgliedstaaten der Konvention verbietet, Personen in Länder auszuliefern oder abzuschieben, wo sie einer unmenschlichen Behandlung ausgesetzt wären. Der gleiche Grundsatz ist in Art. 19 Abs. 2 des Entwurfs für eine Grundrechtscharta für die Europäische Union niedergelegt.

d) Maßstäbe für die Rechte von Einwanderern

17 Mit dem In-Kraft-Treten des Vertrags von Amsterdam hat die Europäische Gemeinschaft in Art. 13 ausdrücklich anerkannt, dass Diskriminierung unter anderem aus Gründen der Rasse, der ethnischen Herkunft oder der Religion gegen Grundwerte des Gemeinschaftssystems verstößt. Der Rat kann Maßnahmen treffen, um jegliche Art von Diskriminierung zu bekämpfen. Die erste in Anwendung dieser Vorschrift beschlossene Maßnahme ist die Richtlinie gegen Diskriminierung vom 29. Juni 2000, die am 19. Juli 2000 in Kraft getreten ist.

18 Mit der Annahme der Erklärung gegen Rassismus und Fremdenfeindlichkeit von 1986 haben die Mitgliedstaaten die Bedeutung anerkannt, die darin liegt, dass die nationalen Regierungen für alle erforderliche Information und Unterrichtung sorgen, um ihre Bürger für die Gefahren von Rassismus und Fremdenfeindlichkeit zu sensibilisieren, sowie die Notwendigkeit, jedwede Handlung rassistischer oder fremdenfeindlicher Art zu vermeiden und zu unterbinden.

19 Die Rechtsprechung des Europäischen Gerichtshofs für Menschenrechte hat anerkannt, dass Einwanderer der zweiten Generation, die keine Verbindungen zu dem Staat ihrer formalen Staatsangehörigkeit haben, nur unter besonderen Umständen in diesen Staat abgeschoben werden dürfen, wenn spezifische Gründe für solche staatlichen Maßnahmen bestehen.

2. Das Eintreten der österreichischen Regierung für die Minderheitenrechte

a) Das österreichische Rechtssystem und die tatsächliche Situation

20 In der Republik Österreich bestand seit ihrem Entstehen nach dem Ersten Weltkrieg ein umfassendes System zum

Schutz der auf dem österreichischen Staatsgebiet lebenden einzelnen nationalen Minderheiten. Nach dem Österreichischen Staatsvertrag von 1955 sind die slowenischen und kroatischen Minderheiten in Kärnten, dem Burgenland und der Steiermark ausdrücklich anerkannt. In diesem Vertrag sind besondere kulturelle Rechte, vor allem hinsichtlich des Schulwesens, garantiert. Außerdem gibt es in diesen Landesteilen Regelungen hinsichtlich der Amtssprachen.

21 Seit 1976 hat die österreichische Gesetzgebung mehrere Volksgruppen mit besonderen Identitätsrechten anerkannt. Der Schutz durch diese Gesetzgebung reicht über die im Staatsvertrag anerkannten Minderheiten hinaus. Die in der Gesetzgebung von 1976 anerkannten Volksgruppen sind die Kroaten, die Slowenen, die Ungarn, die Tschechen, die Slowaken und die Roma.

22 Nach der Volkszählung des Jahres 1991 war die Stärke der Volksgruppen wie folgt: Kroaten 29.596, Slowenen 20.191, Ungarn 19.638, Tschechen 9.822, Slowaken 1.015 und Roma 122. Man muss hervorheben, dass diese Volkszählung auf dem Gebrauch der Sprachen beruhte. Anderen Schätzungen über die Stärke der Volksgruppen zufolge gibt es etwa 30.000 Kroaten im Burgenland und etwa 12.000 in Wien, die Slowenen werden auf etwa 50.000 im gesamten Österreich geschätzt, die Ungarn zwischen 20.000 und 30.000, die Tschechen zwischen 15.000 und 20.000, die Slowaken zwischen 5.000 und 10.000, die Roma auf ungefähr 25.000. Diese Zahlen werden im ersten Bericht der österreichischen Republik auf der Grundlage der Rahmenkonvention zum Schutz nationaler Minderheiten vom 30. Juni 2000 genannt.

23 In diesem Bericht erklärt die österreichische Regierung im Einzelnen, welche Rechte die verschiedenen Volksgruppen im österreichischen Rechtssystem genießen. Vor allem im Burgenland und in Kärnten gibt es öffentliche Grundschulen, in denen diejenigen in den Minderheitensprachen unterrichtet werden, die sie als Unterrichtsfach wählen. In anderen Landesteilen gibt es Privatschulen, die ebenfalls in Minderheitensprachen unterrichten. Im Burgenland gibt es insgesamt 29 Volksschulen, in denen neben Deutsch auch Kroatisch unterrichtet wird. In Kärnten gab es 1998/99 1.620 Kinder, die in Deutsch und Slowenisch unterrichtet wurden.

24 Der österreichische Verfassungsgerichtshof hat in verschiedenen Urteilen die Rechte der Minderheiten nach dem österreichischen Staatsvertrag klargestellt. Am 19. März 2000 entschied der Verfassungsgerichtshof, dass eine Begrenzung des Unterrichts in slowenischer Sprache in Kärnten mit bestimmten Bestimmungen des Staatsvertrags unvereinbar war. Nach dem Gerichtshof muss in den Minderheitenschulen eine Gleichheit zwischen den beiden Sprachen, Deutsch und Slowenisch, im Grundschulunterricht bestehen. Nach unseren Informationen wurde das Urteil bisher noch nicht vollständig umgesetzt.

b) Die neue Minderheitenbestimmung in der österreichischen Verfassung

25 Seit 1997 war ein Vorschlag der verschiedenen Volksgruppenbeiräte diskutiert worden, der die Aufnahme einer Vorschrift zum Minderheitenschutz in die österreichische Verfassung zum Gegenstand hatte. Am 31. Mai 2000 hat die österreichische Bundesregierung im Parlament einen konkreten Entwurf für eine solche Bestimmung vorgelegt. Auf der Grundlage von Beratungen im Nationalrat wurde Art. 8 der österreichischen Verfassung um einen neuen Absatz 2 ergänzt. Diese Verfassungsänderung trat am 1. August 2000 in Kraft. Der neue Artikel hat folgenden Wortlaut:

„Art. 8 (1) Die deutsche Sprache ist, unbeschadet der den sprachlichen Minderheiten bundesgesetzlich eingeräumten Rechte, die Staatssprache der Republik.

(2) Die Republik (Bund, Länder und Gemeinden) bekennt sich zu ihrer gewachsenen sprachlichen und kulturellen Vielfalt, die in den autochthonen Volksgruppen zum Ausdruck

kommt. Sprache und Kultur, Bestand und Erhaltung dieser Volksgruppen sind zu achten, zu sichern und zu fördern."

26 Aus der Entstehungsgeschichte dieser Vorschrift wird deutlich, dass die gegenwärtige österreichische Bundesregierung die Verfassungsänderung unterstützt hat. Mit dieser Verfassungsänderung wurde eine besondere verfassungsrechtliche Verpflichtung Teil des österreichischen Verfassungsrechts, die Existenz und die Aktivitäten der Volksgruppen zu fördern.

c) Sonstige Maßnahmen

27 Am 21. Juli 2000 ist eine Verordnung über die offiziellen Namen von Gemeinden der Region angenommen worden, in der die ungarische und die kroatische Minderheit leben. In 51 Gemeinden des Burgenlandes wurden 260 zweisprachige Ortsschilder aufgestellt. Im gleichen Zusammenhang ist zu beachten, dass die österreichische Bundesregierung mit einer Verordnung, die am 14. Juni 2000 angenommen wurde und die am 1. Oktober 2000 in Kraft treten wird, Regelungen über den Gebrauch von Ungarisch durch Angehörige der ungarischen Minderheit im Behördenkontakt geschaffen hat.

d) Die „neuen Minderheiten"

28 Der vom Internationalen Übereinkommen zur Beseitigung jeder Form von Rassendiskriminierung geschaffene Ausschuss hat festgestellt, dass die sog. „neuen Minderheiten" im österreichischen Minderheitenrecht nicht besonders geschützt sind. „Neue Minderheiten" in diesem Sinne sind Gruppen, die in jüngerer Zeit eingewandert sind. Die Probleme dieser „neuen Minderheiten" werden in dem Abschnitt über Einwanderer behandelt. In diesem Zusammenhang muss allerdings festgehalten werden, dass bis heute kein europäischer Staat einen Minderheitenschutz im formellen Sinn auf die sog. „neuen Minderheiten" ausgedehnt hat.

e) **Schlussfolgerungen in Bezug auf die Minderheitenrechte**

29 Das österreichische Rechtssystem hat einen besonderen Schutz für die in Österreich lebenden Minderheiten geschaffen. Dieser Schutz besteht auf Verfassungsebene. Der den in Österreich lebenden Minderheiten durch das österreichische Rechtssystem gewährte Minderheitenschutz reicht weiter als der, der in vielen anderen europäischen Staaten gewährt wird.

3. Das Eintreten der österreichischen Regierung für die Rechte von Flüchtlingen

30 Österreich hat eine lange Tradition, Flüchtlingen Asyl zu gewähren. Nach dem Zweiten Weltkrieg hat es über eine Million Kriegsflüchtlinge aufgenommen. In der Folge der Krisen in Ungarn (1956), in der Tschechoslowakei (1968) und Polen (1980/81) wurde etwa 375.000 Flüchtlingen in Österreich Asyl gewährt. Nach den Bürgerkriegen auf dem Gebiet des früheren Jugoslawien fanden 115.000 Flüchtlinge im Land Aufnahme. Die österreichische Regierung schätzt, dass seit 1945 mehr als 2 Millionen Flüchtlinge ins Land gekommen sind, von denen 650.000 sich dauerhaft niedergelassen haben, was etwa 9 % der gesamten Bevölkerung ausmacht.

a) **Die gegenwärtige tatsächliche Situation in Bezug auf Asylanträge in Österreich**

31 Aufgrund seiner geographischen Lage an den Außengrenzen der Europäischen Union gehört Österreich zu den Staaten in Europa, die die höchste Zahl von Asylanträgen im Verhältnis zu ihrer Gesamtbevölkerung haben. Nach der Statistik des UN-Hochkommissars für Flüchtlinge wurden in Österreich 1999 mehr als 20.000 Anträge gestellt. Im EU-Vergleich bedeutet dies den 6. Platz in absoluten Zahlen (nach Deutschland, dem Vereinigten Königreich, den Niederlanden, Belgien und Frankreich), im Verhältnis zur Bevölkerung des jeweiligen Landes macht es zusammen mit den Niederlanden die dritthöchste Rate aus (nach Luxemburg und Belgien). Der EU-weite Durchschnitt betrug 1999 0,98 Asylanträge auf 1.000 Einwohner; die österreichische Rate beträgt 2,49 (Luxemburg 6,78; Belgien 3,50; die Niederlande 2,49; Irland 2,09; Vereinigtes Königreich 1,55; Schweden 1,27; Dänemark 1,22, Deutschland 1,16; Finnland 0,60; Frankreich 0,52; Italien 0,21; Spanien 0,21; Griechenland 0,15; Portugal 0,03).

b) Für Österreich verbindliche vertragliche Verpflichtungen

32 Österreich ist durch die Verpflichtungen gebunden, die sich aus dem Abkommen über die Rechtsstellung der Flüchtlinge vom 28. Juli 1951 (Genfer Konvention) ergeben, die für Österreich am 30. Januar 1955 in Kraft trat. Das Protokoll über die Rechtsstellung der Flüchtlinge vom 31. Januar 1967, welches die Konvention ergänzt, wurde für Österreich am 5. September 1973 verbindlich. Im Rahmen des Europarats ist Österreich durch die Verpflichtungen gebunden, die sich aus der Europäischen Menschenrechtskonvention und der einschlägigen Rechtsprechung des Europäischen Gerichtshofs für Menschenrechte für die Behandlung von Flüchtlingen ergeben.

33 Im Rahmen der Europäischen Union ist das Dubliner Übereinkommen über die Bestimmung des zuständigen Staates für die Prüfung eines in einem Mitgliedstaat der Europäischen Gemeinschaften gestellten Asylantrags vom 15. Juni 1990 für Österreich am 1. Oktober 1997 in Kraft getreten. Das Ziel der Konvention ist es, den für die Prüfung eines durch Staatsangehörige eines Drittstaats in einem EU-Mitgliedstaat gestellten Asylantrags zuständigen Staat zu bestimmen. Hierzu verpflichtet die Konvention die Mitgliedstaaten, Asylanträge eines Ausländers zu behandeln, die an der Grenze oder auf

ihrem Staatsgebiet gestellt werden, wenn der betreffende Mitgliedstaat nach der Konvention für die Behandlung zuständig ist. Die Konvention führt außerdem Beratungen mit Blick auf die Übernahme von Antragstellern durch den zuständigen Staat ein.

c) Österreichische Gesetzgebung

34 Das Bundesgesetz über die Gewährung von Asyl aus dem Jahr 1997 (Asylgesetz) bezieht Österreichs internationale Verpflichtungen in ein nationales Asylkonzept ein. Im Hinblick auf die Gefahr einer Verfolgung verweist das Gesetz auf die in der Genfer Konvention genannten Kriterien und Ausnahmen. Zur Beschleunigung der Asylverfahren enthält das Gesetz eine Vorschrift über offensichtlich unbegründete Asylanträge. Das Asylgesetz verweist auch allgemein auf das vom Dubliner Übereinkommen errichtete System, indem es in Österreich gestellte Asylanträge für unzulässig erklärt, wenn ein anderer Staat vertraglich zur Prüfung des Asylantrags zuständig ist.

35 Österreichs Eintreten für die Europäische Menschenrechtskonvention wird durch die Verpflichtung bestätigt, das Asylrecht auf enge Familienangehörige eines Antragstellers zu erstrecken, um ein bestehendes Familienleben im Sinne von Art. 8 der Europäischen Menschenrechtskonvention zu schützen (Art. 11 Asylgesetz). Es ist auch wichtig festzuhalten, dass das Asylgesetz ausdrücklich die non-refoulement-Verpflichtung aus Art. 33 der Genfer Flüchtlingskonvention anspricht. Es verpflichtet die Behörden, von Amts wegen bescheidmäßig festzustellen, dass die Zurückweisung oder Abschiebung aus Österreich für den Antragsteller keine Gefahr begründet, einer unmenschlichen Behandlung oder Strafe oder der Todesstrafe unterworfen zu werden und dass dort sein oder ihr Leben oder seine oder ihre Freiheit nicht aus Gründen der Rasse, Religion, Nationalität, der Zugehörigkeit zu einer bestimmten sozialen Gruppe oder der politischen Ansichten bedroht wird. Auf diese

Weise müssen sich die Behörden vergewissern, dass keine Gründe für ein Abschiebungsverbot (non-refoulement) bestehen. Besondere Bestimmungen erlauben die Aufnahme von Flüchtlingen in Notsituationen wie im Falle des früheren Jugoslawien.

d) Die Rolle des UN-Hochkommissars für Flüchtlinge

36 Das Asylgesetz enthält eine besondere Vorschrift über die Rolle des UN-Hochkommissars für Flüchtlinge. Nach dieser Vorschrift kann jeder Antragsteller jederzeit den Hochkommissar kontaktieren. Außerdem ist der UNHCR von jedem Verfahren über Asylanträge und von jeglichen Maßnahmen zu informieren, die zur Ausweisung oder Zurückweisung eines Antragstellers führen können. Anträge von Personen, die über einen Flughafen in Österreich eingereist sind, können nur dann als offensichtlich unbegründet oder auf der Grundlage des sicheren Drittstaatskonzepts (eine Ausnahme gilt hier für vertragliche Drittstaatenregelungen wie die des Dubliner Übereinkommens) zurückgewiesen werden, wenn der Hochkommissar sich damit einverstanden erklärt. Der Hochkommissar ist berechtigt Akteneinsicht zu nehmen und hat das Recht, bei Vernehmungen und mündlichen Verhandlungen vertreten zu sein. Nach Mitteilung des österreichischen Innenministeriums haben sich die Kontakte mit dem UNHCR im Verlauf der Jahre 1999/2000 intensiviert. Diese Einschätzung wurde durch UNHCR bestätigt, wo insbesondere die Kontakte mit der neuen Beschwerdeinstanz (dem Unabhängigen Bundesasylsenat) als „enge und konstruktive Arbeitsbeziehung" qualifiziert wurden.

e) Bereiche mit gewissen Problemen

37 Ein besonderes Problem in Bezug auf das Beschwerdeverfahren wurde 1998 durch eine Entscheidung des österreichi-

schen Verfassungsgerichtshofs behoben. Das Asylgesetz des Jahres 1997 verlangte, dass Beschwerden gegen Asylentscheidungen innerhalb einer Zweitagesfrist nach Erhalt der Entscheidung einzulegen waren, wenn der Antrag auf der Grundlage des sicheren Drittstaatskonzepts als unzulässig oder als offensichtlich unbegründet angesehen wurde. Diese besonders kurze Beschwerdefrist wurde durch eine Entscheidung des Verfassungsgerichtshofs vom Juni 1998 für verfassungswidrig erklärt. In der Folge dieser Entscheidung wurde das Asylgesetz geändert; es statuiert nun eine zehntägige Beschwerdefrist.

38 Wir wurden auf bestimmte Probleme im Bereich der sozialen Betreuung von Asylbewerbern hingewiesen. Asylbewerbern ist grundsätzlich Bundesbetreuung (Sozialhilfe) zu gewähren, die Wohnung, Essen und medizinische Versorgung beinhaltet. Allerdings bestimmt das Bundesbetreuungsgesetz ausdrücklich, dass den Antragstellern kein entsprechender Anspruch zusteht, was bedeutet, dass sie keinen effektiven Rechtsschutz haben, wenn ihnen der Zugang zur Bundesbetreuung verwehrt wird. Nach Mitteilung des UNHCR werden etwa 2/3 der Antragsteller nicht zur Bundesbetreuung zugelassen. Sie sind auf Hilfe durch Nicht-Regierungsorganisationen, die Kirchen und andere Wohlfahrtsorganisationen oder Privatpersonen angewiesen. Dem UNHCR zufolge hat dies dazu geführt, dass eine beträchtliche Zahl von Antragstellern obdachlos ist.

39 Hinsichtlich der Schubhaft für Asylbewerber hat der UNHCR mit Besorgnis zur Kenntnis genommen, dass in Österreich Asylbewerber auch dann in Schubhaft genommen werden, wenn keine realistische Aussicht besteht, sie in einen Drittstaat oder ihren Heimatstaat zurückzubringen. UNHCR hat auch die relativ hohe Zahl von Minderjährigen in Schubhaft kritisiert.

f) Schlussfolgerungen in Bezug auf die Rechte von Flüchtlingen

40 Die rechtliche Situation von Asylbewerbern ist derjenigen in anderen europäischen Staaten vergleichbar. Unserer Ansicht nach setzt die gegenwärtige Regierung Österreichs traditionell offene Flüchtlingspolitik fort. Österreich ist ein zentraleuropäischer Staat mit Außengrenzen des Schengensystems. Dies erklärt die vergleichsweise hohe Zahl an Flüchtlingen im Verhältnis zu österreichischen Einwohnern. Wie in anderen europäischen Staaten auch, schafft eine solche Flüchtlingsrate Probleme der sozialen Integration. Wir haben jedoch keinerlei Anhaltspunkte dafür festgestellt, dass die neue österreichische Regierung von den Grundsätzen ihrer Vorgängerregierungen abgewichen wäre. Wie oben dargestellt, gibt es allerdings in einzelnen Bereichen gewisse Umsetzungsprobleme.

4. Das Eintreten der österreichischen Regierung für die Rechte von Einwanderern

a) Die tatsächliche Situation in Bezug auf Einwanderer in Österreich

41 Die Zahl der in Österreich lebenden Ausländer hat sich im Verlaufe der letzten Jahrzehnte erheblich erhöht. 1998 betrug sie 749.126, das entspricht 9,26 % der österreichischen Bevölkerung. Dies ist eine der höchsten Raten in der Europäischen Union. Die Zahl der Einwanderer aus Drittstaaten, die nicht Mitgliedstaaten der Europäischen Union sind, betrug zu dieser Zeit 88 % aller Ausländer und war damit eine der höchsten innerhalb der Union.

42 In den letzten Jahren hat die Einwanderung nach Österreich leicht abgenommen. Die meisten der neuen Einwanderer waren Familienangehörige, die auf der Basis von Familienzu-

sammenführungen eingewandert sind. Die Einwanderungsquote auf der Basis von Familienzusammenführung betrug 1998 59,7 %, 1999 66,4 % und im Verlaufe des Jahres 2000 wird die Rate wahrscheinlich bei 68,2 % liegen. In diesen Zahlen sind Asylverfahren und besondere Verfahren für Flüchtlinge aus Bosnien und dem Kosovo nicht enthalten.

b) Österreichische Gesetzgebung

43 Im Hinblick auf das uns übertragene Mandat beschränkt sich der folgende Abschnitt auf die sogenannten „Drittstaatsangehörigen", d. h. Personen, die nicht die Staatsangehörigkeit eines EU-Mitgliedstaats besitzen.

44 Um die Zahl der jährlichen Zuwanderer zu begrenzen, sieht das österreichische Recht eine Niederlassungsverordnung vor, in der jährliche Quoten für die Zuwanderung von Drittstaatsangehörigen aufgestellt werden. Die Niederlassungsverordnung für das Jahr 2000 beschränkt die maximale Zahl von Niederlassungsbewilligungen auf 7.860, die auf die österreichischen Bundesländer verteilt werden.

45 Das Ausländergesetz berücksichtigt die Probleme von Einwandererfamilien, indem es Ausländern einen Anspruch auf Familiennachzug gibt. Allerdings müssen die Familienangehörigen innerhalb der von der Niederlassungsverordnung festgesetzten Quoten Zugang finden. Wenn ein Antragsteller seine Absicht nicht mitteilt Familienangehörige nachzuholen, so müssen diese Familienangehörigen in einer dafür besonders vorgesehenen Familienzusammenführungsquote Platz finden.

46 Um die Integration von Ausländern in die österreichische Gesellschaft zu erleichtern, sieht das Ausländergesetz einen Integrationsbeirat vor, der aus 14 Mitgliedern besteht. Der Integrationsbeirat hat das Recht, Empfehlungen sowohl zu allgemeinen Integrationsfragen als auch zur Aufenthaltserlaubnis aus humanitären Gründen abzugeben.

47 Nach unseren Informationen sind in Bezug auf Familien-

zusammenführungen Probleme aufgetreten, weil die Wartezeit in einigen Fällen sehr lang zu sein scheint. Die Bundesregierung hat erklärt, dass im April 2000 mehr als 10.000 Anträge vorlagen, denen nicht stattgegeben werden konnte, weil die vorhandenen Quoten bereits ausgeschöpft waren. Die Regierung untersucht gegenwärtig die Möglichkeit, die Einwanderung für Familienangehörige zu erleichtern. Die Zahl der jährlichen Einbürgerungen hat von 1988 bis 1999 von 8.200 auf 25.032 zugenommen.

48 Die österreichische Fremdengesetzgebung stellt durch einen besonderen Verweis auf die Europäische Menschenrechtskonvention sicher, dass die in der Spruchpraxis der Konventionsorgane entwickelten Standards für Ausweisungen angewandt werden. § 37 Abs. 1 des österreichischen Fremdengesetzes lautet wie folgt:

„Würde durch eine Ausweisung ... in das Privat- oder Familienleben des Fremden eingegriffen, so ist ein solcher Entzug der Aufenthaltsberechtigung nur zulässig, wenn dies zur Erreichung der im Art. 8 Abs. 2 EMRK genannten Ziele dringend erforderlich ist.“

c) Das Programm der Bundesregierung

49 Die Bundesregierung hat in ihrem Programm vom Februar 2000 unterstrichen, dass die Integration rechtmäßig in Österreich lebender fremder Staatsangehöriger den Vorrang vor neuer Zuwanderung genießen müsse. Dem Programm zufolge sollten im Bereich des Arbeitsmarktes Österreicher und angemessen qualifizierte Ausländer, die rechtmäßig in Österreich leben, bevorzugte Behandlung genießen. Das Programm betont, dass die zentrale Frage beim Erwerb guter deutscher Sprachkenntnisse liege. Aus diesem Grund wurden intensive sprachliche Schulungen einschließlich verpflichtender Deutschkurse angekündigt.

50 Die Ministerin für Bildung, Wissenschaft und Kultur hat in einem Bericht vom 23. Mai 2000 mitgeteilt, dass einige Initiativen zur sprachlichen Schulung ergriffen worden seien. Das Innenministerium hat am 20. Juli 2000 erklärt, dass der Zugang zum Arbeitsmarkt für diejenigen Ausländer erleichtert worden sei, die seit vielen Jahren in Österreich rechtmäßig leben, sowie für junge Ausländer, die ihre Schulausbildung in Österreich abgeschlossen haben. Außerdem soll eine besondere Studie die Folgewirkungen untersuchen, die ein erleichterter Zugang der voll integrierten Ausländer zum Arbeitsmarkt hätte. Nach diesem Regierungsbericht soll eine Harmonisierung des Aufenthaltsrechts in Österreich mit dem Recht auf Zugang zum Arbeitsmarkt erreicht werden.

d) Schlussfolgerungen in Bezug auf die Rechte von Einwanderern

51 Die gegenwärtige österreichische Regierung hat die Politik früherer Regierungen fortgesetzt, neue Einwanderung zu beschränken und der Integration von rechtmäßig im Land lebenden Ausländern den Vorrang zu geben. Sie hat auch den Grundsatz anerkannt, dass Familienzusammenführung möglich sein muss. Es kann festgestellt werden, dass die Einwanderungspolitik der österreichischen Regierung zeigt, dass sie für die gemeinsamen europäischen Werte eintritt.

5. Das Eintreten der österreichischen Regierung für die Bekämpfung von Rassismus, Antisemitismus, Diskriminierung und Fremdenfeindlichkeit

a) Das Programm der Bundesregierung

52 In der Deklaration, die dem Regierungsprogramm voransteht und die im Namen der beiden Koalitionsparteien unterzeichnet wurde, ist Folgendes festgehalten:

„Österreich stellt sich seiner Verantwortung aus der verhängnisvollen Geschichte des 20. Jahrhunderts und den ungeheuerlichen Verbrechen des nationalsozialistischen Regimes: Unser Land nimmt die hellen und die dunklen Seiten seiner Vergangenheit und die Taten aller Österreicher, gute wie böse, als seine Verantwortung an. Nationalismus, Diktatur und Intoleranz brachten Krieg, Fremdenhass, Unfreiheit, Rassismus und Massenmord. Die Einmaligkeit und Unvergleichbarkeit des Verbrechens des Holocaust sind Mahnung zu ständiger Wachsamkeit gegen alle Formen von Diktatur und Totalitarismus.
Das Vorhaben der Europäischen Union eines breiten, demokratischen und wohlhabenden Europa, zu dem sich die Bundesregierung vorbehaltlos bekennt, ist die beste Garantie gegen eine Wiederkehr dieses dunkelsten Kapitels der österreichischen Geschichte.
Die Bundesregierung bekennt sich zur kritischen Auseinandersetzung mit der NS-Vergangenheit. Sie wird für vorbehaltlose Aufklärung, Freilegung der Strukturen des Unrechts und Weitergabe dieses Wissens an Nachkommen der Generationen als Mahnung für die Zukunft sorgen. Hinsichtlich der NS-Zwangsarbeit wird die Bundesregierung im Lichte des Zwischenberichts der österreichischen Historikerkommission unter Berücksichtigung der primären Verantwortung der betroffenen Unternehmen um sachgerechte Lösungen bemüht sein."

53 Im Programm erklärt die Bundesregierung, dass sie weiterhin von ihren Möglichkeiten Gebrauch machen wird, um sowohl auf europäischer als auch auf globaler Ebene die Anerkennung von Menschen- und Minderheitenrechten zu fördern sowie Fremdenfeindlichkeit und Diskriminierung von Ausländern zu bekämpfen. Sie wird die einschlägige Arbeit des in Wien angesiedelten EU-Beobachtungszentrums für Rassismus und Fremdenfeindlichkeit unterstützen.

b) Maßnahmen der Regierung in diesem Bereich

54 In ihren Berichten über Maßnahmen gegen Rassismus, Antisemitismus, Diskriminierung und Fremdenfeindlichkeit in Österreich betont die Regierung, dass sie an verschiedenen internationalen Maßnahmen im Rahmen der Vereinten Nationen, dem Europarat und der EU mitwirkt.

55 Schon im Jahr 1999 hatte die frühere Regierung entschieden einen Menschenrechtsbeirat einzurichten, der das Recht hat, alle in Österreich inhaftierten Personen zu besuchen. Dieser Ausschuss nahm zum 1. Juli 2000 seine Arbeit unter der gegenwärtigen Regierung auf, die damit die Kontinuität ihrer Politik zu der der Vorgängerregierung zum Ausdruck brachte. Die gegenwärtige österreichische Regierung hat auch Schulungsmaßnahmen für Polizeibeamte fortgeführt, die insbesondere die Behandlung von Ausländern zum Gegenstand hatten.

56 Im Bereich des Unterrichtswesens betont einer der Berichte, dass die österreichische Republik Maßnahmen gegen Vorurteile und Rassismus ergreift. In diesem Zusammenhang solle ein besonderer Schwerpunkt bei der kritischen Erörterung der nationalsozialistischen Vergangenheit liegen. Es sollen Informationen über Hintergründe und Quellen von Rassismus und Fremdenfeindlichkeit verbreitet werden. Nach dem Bericht werden den Schulen besondere Publikationen zur Verfügung gestellt, um rassistischen Entwicklungen mit Schulungen und Informationen über die Ursachen von Vorurteilen sowie über Globalisierung und andere Kulturen entgegenzutreten.

57 Im Bereich einer ständigen Schulung von Lehrern werden besondere Maßnahmen entwickelt, um rassistische Einstellungen zu vermeiden. Seit Anfang der 90er Jahre kommen in diesem Bereich besondere Programme zur Anwendung. Es ist festzustellen, dass am 7. Mai 2000 im früheren Konzentrationslager Mauthausen eine von der österreichischen Republik unterstützte besondere Gedenkveranstaltung stattgefunden hat.

58 In dieser Hinsicht ist die mit der Anti-Defamation League

(„ADL“) in New York aufgenommene Zusammenarbeit von besonderer Bedeutung. Seit Beginn dieser gemeinsamen Aktivitäten wurden ständige Kontakte zwischen der ADL und dem Innen- und dem Erziehungsministerium sowie mit österreichischen Menschenrechtsorganisationen wie dem Ludwig-Boltzmann-Institut für Menschenrechte eingerichtet. Die bisher angelaufenen Programme betreffen Schulungen für Polizeibeamte, Lehrer und junge Menschen, die diese Zielgruppen für den diskriminierenden Charakter und die historischen Zusammenhänge bestimmter Wortwendungen sensibilisieren sollen.

59 Die Regierung plant in diesem Bereich auch einige neue Initiativen, wie ein neues Museum für österreichische Zeitgeschichte („Haus der Geschichte der Republik Österreich“), eine Verbreitung von Unterlagen über nationalsozialistische Begriffe, Programme zu Schärfung des Bewusstseins der Öffentlichkeit für die Integration von Minderheiten („Hinschauen statt Wegschauen“) und die Mitarbeit an internationalen Vorschlägen zur Durchsetzung der strafrechtlichen Verfolgung von nationalsozialistischer Propaganda, die über das Internet verbreitet wird.

60 Wir wurden darüber informiert, dass Gewalt gegen Fremde in Österreich weniger häufig vorgekommen ist als in anderen europäischen Staaten. Es gab zwar einige dramatische Zwischenfälle, aber keine Wellen von Gewalt, wie dies in anderen europäischen Ländern der Fall war.

61 Die österreichische Regierung hat das Problem der Zwangsarbeiter während der nationalsozialistischen Zeit in Österreich in Angriff genommen. Am 7. und 19. Juli 2000 haben die beiden Kammern des österreichischen Parlaments einstimmig das „Versöhnungsfonds-Gesetz“ verabschiedet, das einen Fonds für Zahlungen an ehemalige Sklaven- und Zwangsarbeiter des nationalsozialistischen Regimes errichtet. Am 28. Juli 2000 wurde eine Einigung mit den Vereinigten Staaten über den Text eines Regierungsabkommens erzielt, das demnächst unterzeichnet werden wird.

62 Das „Versöhnungsfonds-Gesetz" wird in Kraft treten, sobald die Summe von 6 Milliarden österreichischen Schillingen dem Fonds durch Beiträge von der österreichischen Industrie, Handel und aus öffentlichen Quellen zur Verfügung steht und mit den betroffenen Staaten bilaterale Übereinkommen unterzeichnet sind. Die Regierung hat auch ein Programm initiiert, das die Rückgabe von Kunstwerken an ihre rechtmäßigen Eigentümer zum Ziel hat.

c) Schlussfolgerungen in Bezug auf die Bekämpfung von Rassismus, Antisemitismus, Diskriminierung und Fremdenfeindlichkeit.

63 Aus den in diesem Abschnitt des Berichts zitierten Unterlagen kann geschlossen werden, dass die gegenwärtige österreichische Regierung für die Bekämpfung von Rassismus, Antisemitismus, Diskriminierung und Fremdenfeindlichkeit in Österreich eintritt.

64 Die Entschlossenheit der gegenwärtigen Bundesregierung muss allerdings im Zusammenhang mit dem gesehen werden, was als mehrdeutiger Sprachgebrauch durch einige hohe Parteifunktionäre der FPÖ beschrieben werden wird.

II. Die Entwicklung der politischen Natur der FPÖ

1. Der Rahmen für die Interpretation des Mandats

65 Wir haben auch ein allgemeines Mandat erhalten, einen Bericht über die Entwicklung der politischen Natur der FPÖ zu erstellen. Nach unserem Verständnis ist dieser Teil unseres Mandats eindeutig mit dem ersten Teil verbunden. Dies bedeutet, dass die Entwicklung der politischen Natur der FPÖ im Zusammenhang mit den gemeinsamen europäischen Werten gesehen werden muss, auf die im ersten Teil des Mandats ausdrücklich Bezug genommen wird. Unser Bericht sollte nur insoweit die Entwicklung der politischen Natur der FPÖ darstellen, als diese im Zusammenhang mit den gemeinsamen europäischen Werten Fragen aufwirft.

a) Der Grundsatz der Parteifreiheit und seine Grenzen

66 Die Gründung politischer Parteien sowie ihre Aktivitäten sind im vollen Umfang durch Art. 11 und Art. 10 der Europäischen Menschenrechtskonvention gedeckt, die die Vereinigungsfreiheit und die Meinungsäußerungsfreiheit schützen.
67 Der Europäische Gerichtshof für Menschenrechte hat festgestellt, dass der Schutz von Meinungen und die Freiheit diese zu äußern, eines der Ziele der Versammlungs- und der Vereinigungsfreiheit darstellt, wie diese in Art. 11 der Konvention niedergelegt ist. In Bezug auf Parteien gilt dies nach dem Gerichtshof um so mehr, als diese eine zentrale Rolle für die Sicherung des Pluralismus und für die Funktionsfähigkeit der Demokratie spielen. Der Gerichtshof hat vielfach hervorgehoben, dass ohne Pluralismus keine Demokratie möglich ist.
68 Der Gerichtshof hat ergänzt, dass freie Wahlen, wie sie in

Art. 3 des 1. Zusatzprotokolls zur Konvention vorgesehen sind, und die Ausdruck einer freien Entscheidung des Volkes über die Wahl der gesetzgebenden Körperschaft sind, ohne die Teilnahme mehrerer politischer Parteien, die das Spektrum der verschiedenen innerhalb der Bevölkerung eines Landes vorhandenen Meinungen repräsentieren, unvorstellbar sind.

69 Allerdings ist die Freiheit politischer Parteien im europäischen System nicht grenzenlos gewährleistet. Nach Art. 11 Abs. 2 der Konvention kann die Vereinigungsfreiheit begrenzt werden, wo dies zum Schutz der Rechte und Freiheiten anderer in einer demokratischen Gesellschaft notwendig ist. Es ist ein Teil der europäischen öffentlichen Ordnung, dass Propaganda für Rassendiskriminierung nicht in den Schutzbereich der Meinungsäußerungsfreiheit oder der Vereinigungsfreiheit fällt.

70 Die europäische Geschichte des 20. Jahrhunderts verstärkt die positive Verpflichtung der europäischen Regierungen, jegliche Form von direkter oder indirekter Propaganda für fremdenfeindliche und rassische Diskriminierung zu bekämpfen und gegen jedweden mehrdeutigen Sprachgebrauch vorzugehen, mit dem eine Verharmlosung oder negative „Normalisierung" der nationalsozialistischen Vergangenheit betrieben wird.

71 Alle europäischen Staaten haben das internationale Übereinkommen zur Beseitigung jeder Form von Rassendiskriminierung ratifiziert. Nach Art. 4 dieses Vertrages verurteilen die Vertragsstaaten jede Propaganda und alle Organisationen, die irgendeine Form von Rassenhass und Rassendiskriminierung zu rechtfertigen oder zu fördern suchen. Die Vertragsstaaten verpflichten sich, positive Maßnahmen zu treffen, um jedes Aufreizen zur Rassendiskriminierung und alle rassisch diskriminierenden Handlungen auszumerzen.

72 Der Europäische Gerichtshof für Menschenrechte und die Europäische Kommission für Menschenrechte haben festgestellt, dass rassistische Äußerungen nicht von der Meinungsäußerungsfreiheit nach Art 10 der Konvention geschützt sind.

Art. 17 der Europäischen Menschenrechtskonvention bestimmt ausdrücklich, dass keine Bestimmung der Konvention dahin ausgelegt werden darf, dass sie für eine Gruppe oder eine Person das Recht begründet eine Tätigkeit auszuüben, die auf die Abschaffung der in der Konvention festgelegten Rechte und Freiheiten hinzielt.

b) Das österreichische Parteienrecht

73 Der Grundsatz der Parteifreiheit ist in der österreichischen Verfassung und in einer besonderen Gesetzgebung für politische Parteien anerkannt. Allerdings besteht seit 1945 ein strenges Verbot für nationalsozialistische Organisationen. Nach dem Verbotsgesetz sind alle nationalsozialistischen Organisationen verboten, und ihre Wiedereinführung stellt einen Straftatbestand dar.

74 Dieses Recht ist in der Praxis fortwährend angewandt worden. 1988 entschied der österreichische Verfassungsgerichtshof, dass eine konkrete Organisation tatsächlich eine Organisation war, die nationalsozialistisches Ideengut wieder aktivierte und deshalb verboten gewesen sei. Nach der Rechtsprechung des österreichischen Verfassungsgerichtshofs ist das Verbot automatisch anwendbar und muss von jeder staatlichen Behörde umgesetzt werden, die mit einer solchen Organisation in Kontakt tritt. Dies zeigt, dass unter dem österreichischen Verfassungssystem keine nationalsozialistische Partei rechtmäßig bestehen kann.

75 In der Rechtsprechung des österreichischen Verfassungsgerichtshofs ist anerkannt, dass der Verfassungsgerichtshof von Amts wegen in jedem Fall, in dem eine politische Partei vor dem Gerichtshof auftritt, über die Anwendung des Verbotsgesetzes auf diese Partei entscheiden kann, wenn der Gerichtshof Anlass sieht, diese Frage zu thematisieren. Die FPÖ war in einer Vielzahl von Wahlanfechtungsverfahren Antragstellerin vor dem Verfassungsgerichtshof. Der Gerichtshof hat niemals ir-

gendeinen Grund gesehen, die Rechtmäßigkeit der FPÖ im Zusammenhang mit dem Verbotsgesetz in Zweifel zu ziehen.

2. Die politische Natur der FPÖ

a) Die Geschichte und die politischen Positionen der FPÖ

76 1945 wurden von den Besatzungsmächten in Österreich nur drei politische Parteien zugelassen: die Sozialdemokratische Partei, die Österreichische Volkspartei und die Kommunistische Partei.

77 Mit dem Ziel, auch früheren Mitgliedern der Nationalsozialistischen Partei eine politische Heimat zu schaffen, wurde 1949 eine neue Partei, der Verband der Unabhängigen (VdU), gegründet. Die Kerngruppe des VdU gründete 1956 die FPÖ. Eine erhebliche Zahl früherer Mitglieder der Nationalsozialistischen Partei, einschließlich solcher, die Führungspositionen innegehabt hatten, wurden Mitglieder der FPÖ. Während der siebziger Jahre bemühte sich die FPÖ darum, wirtschaftsliberale Ideen in ihr Programm aufzunehmen. Über längere Zeit kämpften zwei Gruppierungen innerhalb der FPÖ um die politische Vorherrschaft, ein radikal-nationalistischer Flügel und ein hauptsächlich nach Wirtschaftsliberalismus strebender Flügel.

78 Von 1983 bis 1986 war die FPÖ in einer Koalition mit der Sozialdemokratischen Partei Teil der Bundesregierung. Als Herr Haider zum Vorsitzenden der FPÖ gewählt wurde, löste der damalige Bundeskanzler die Koalition mit der FPÖ auf Bundesebene auf. Die Partei verblieb bis zum Jahr 2000 in der Opposition, obwohl sie in vielen Landesregierungen über lange Zeiten vertreten war.

79 Das 1997 verabschiedete Parteiprogramm unterstreicht die Bedeutung der Gemeinschaft, in der der Einzelne seinen Platz findet. Nach dem Programm hat die Gemeinschaft, von der Familie bis zum Volk, eigene Freiheitsrechte. Das Parteiprogramm betont die historischen und kulturellen Traditionen Österreichs. Es hebt auch die Bedeutung der Volksgruppen in Österreich hervor. Österreich wird als Nicht-Einwanderungsland beschrieben. Das Programm betont, dass den Personen politisches Asyl gewährt werden muss, die einen berechtigten Anspruch erheben.

80 Die FPÖ war 1993 für ein Volksbegehren zur Ausländersituation in Österreich („Österreich zuerst") verantwortlich. Ziel war es, die Bevölkerung gegen die für zu hoch erachtete Zahl von Einwanderern zu mobilisieren. Die stark ablehnende Haltung der Bevölkerung gegenüber den Vorhaben der FPÖ führte dazu, dass nur 7,3% der Bevölkerung an dem Volksbegehren teilnahmen.

81 Der Wahlkampf der FPÖ für die Nationalratswahlen im Oktober 1999 wurde von vielen örtlichen Beobachtern als fremdenfeindlich angesehen. Plakate mit der Aufschrift „Stop der Überfremdung" wurden von der FPÖ in Wien in großem Umfang verwendet. In diesem Zusammenhang ist eine lebhafte Diskussion über die Wahlkampfpraxis der FPÖ entstanden. Wir wurden darauf hingewiesen, dass der Wahlkampf der FPÖ im Oktober 1999 unmittelbar zur Folge hatte, dass offen ausgesprochene fremdenfeindliche Bemerkungen „salonfähig" wurden und bei den in Österreich lebenden Ausländern „Angst" auslösten.

82 In einer einen Monat nach den letzten allgemeinen Wahlen abgegebenen öffentlichen Erklärung brachte die Österreichische Bischofskonferenz die Gefühle und Ängste vieler ihrer österreichischen Mitbürger über die Radikalisierung des politischen Klimas wie folgt zum Ausdruck:

„Die österreichischen katholischen Bischöfe sehen mit Sorge eine bedrohliche Verschlechterung des gesellschaftlichen Gesamtklimas. Obwohl Österreich zu den reichsten und stabilsten Ländern der Welt zählt, sind Ängste und Befürchtungen in letzter Zeit in den Vordergrund getreten.

Dabei gilt es sorgfältig zu unterscheiden:

– Es gibt Ängste, die auf Vorurteilen und mangelnder Information beruhen. Diese Ängste wurden und werden in der politischen Auseinandersetzung in Dienst genommen. Auf diesem Boden wachsen Hass und Intoleranz, Erscheinungen, die wir für immer aus dem Zusammenleben der Menschen in Österreich verbannt glaubten. Der christliche Glaube ist mit der Form von Antisemitismus, Rassendenken oder Fremdenhass unvereinbar.

– Es gibt aber auch ernstzunehmende Sorgen über ein mögliches Zuviel an Einwanderung und über Probleme mit der Integration. Über diese Sorgen und Probleme soll sachlich und gerechtigkeitsorientiert, nicht aber emotionsgeladen gesprochen werden. Die katholische Kirche ermutigt die Bildung von Gesprächsplattformen, um neue Wege der Integration im Geist des gegenseitigen Respekts und der Toleranz zu suchen. Im Sinne des ‚Dialog für Österreich' fühlt sich die Kirche verpflichtet, den Weg des Dialogs auch zur Lösung der gesellschaftlichen Orientierungskrise in unserem Land vorzuschlagen.

Entschieden muss jeder Versuch zurückgewiesen werden, bestimmte Menschengruppen wegen ihrer nationalen oder religiösen Herkunft auszugrenzen. Alle Menschen haben die gleiche Würde. Wer in diesem Bereich Wind sät, erntet allzu leicht Sturm. Die Geschichte Österreichs in diesem Jahrhundert ist der Beleg dafür.

Ebenso muss aber auch all jenen Menschen Gerechtigkeit widerfahren, die ernstzunehmende Sorgen äußern. Sie dürfen nicht abgestempelt und an den Rand gedrängt werden. Es ist das Anliegen der Kirche, den Menschen die Angst zu nehmen. Die Angst ist kein guter Ratgeber. Sie verdunkelt die Perspektiven."

83 Zu den gleichen Problemen gab es auch Stellungnahmen der evangelischen Kirche, der jüdischen und der muslimischen Glaubensgemeinschaft.

b) Die Bildung der Koalitionsregierung

84 Nach langwierigen, aber erfolglosen Verhandlungen zwischen den Sozialdemokraten, der stärksten im Parlament vertretenen Partei, und der Volkspartei wurde als Ergebnis relativ kurzer Verhandlungen Anfang Februar 2000 eine Koalition zwischen der Volkspartei und der FPÖ gebildet. Dem Regierungsprogramm der neuen Koalition steht eine Deklaration voran, die den Titel „Verantwortung für Österreich – Zukunft im Herzen Europas" trägt. Es wurde von Anfang an bekannt gemacht, dass diese Erklärung dem Regierungsprogramm auf Verlangen des Bundespräsidenten hinzugefügt wurde.

85 Die Erklärung hat auszugsweise folgenden Wortlaut:
„Die Bundesregierung bekräftigt ihre unerschütterliche Verbundenheit mit den geistigen und sittlichen Werten, die das gemeinsame Erbe der Völker Europas sind und der persönlichen Freiheit, der politischen Freiheit und der Herrschaft des Rechts zugrunde liegen, auf denen jede wahre Demokratie beruht.
Die Bundesregierung tritt für Respekt, Toleranz und Verständnis für alle Menschen ein, ungeachtet ihrer Herkunft, Religion oder Weltanschauung. Sie verurteilt und bekämpft mit Nachdruck jegliche Form von Diskriminierung, Intoleranz und Verhetzung in allen Bereichen. Sie erstrebt eine Gesellschaft, die vom Geist des Humanismus und der Toleranz gegenüber den Angehörigen aller gesellschaftlichen Gruppen geprägt ist.
Die Bundesregierung arbeitet für ein Österreich, in dem Fremdenfeindlichkeit, Antisemitismus und Rassismus keinen Platz finden. Sie wird jeder Form von menschenverachtendem Gedankengut und seiner Verbreitung konsequent entgegentreten und sich für die volle Beachtung der Rechte und Grundfreiheiten von Menschen jeglicher Nationalität einsetzen – gleichgültig, aus welchem Grund sich diese in Österreich aufhalten. Sie bekennt sich zu ihrer besonderen Verantwortung für einen respektvollen Umgang mit ethnischen und religiösen Minderheiten.

Die Bundesregierung unterstützt die Charta der europäischen politischen Parteien für eine nichtrassistische Gesellschaft und verpflichtet sich, auf die vorbildliche Verwirklichung der in dieser enthaltenen Grundsätze in Österreich hinzuwirken.
Die Bundesregierung bekennt sich zum Schutz und zur Förderung der Menschenrechte und setzt sich für ihre bedingungslose Realisierung auf nationaler sowie auf internationaler Ebene ein. [...]"

86 Diese Erklärung, die in der österreichischen Verfassungsgeschichte einzigartig ist, war eine Folge der politischen Positionen der FPÖ und ihrer Wahlkampfwerbung zu den Nationalratswahlen.

87 Der Bundespräsident ist kontinuierlich als Garant der Werte aufgetreten, die in dieser Erklärung besonders hervorgehoben werden. Er hat zwei von der FPÖ vorgeschlagene Ministerkandidaten abgelehnt, weil diese in der Vergangenheit öffentlich fremdenfeindliche Äußerungen abgegeben hatten. In einer öffentlichen Rede vom 13. März 2000 aus Anlass des internationalen Theodor Herzl-Symposiums hat der Bundespräsident für eine „sprachliche Abrüstung" geworben. Er hat betont, dass Worte nicht nur „verletzen", sondern schließlich auch „töten" können.

c) Der fortwährende Gebrauch zweideutiger Formulierungen durch führende Mitglieder der FPÖ

88 Es scheint tatsächlich zu einem typischen Kennzeichen in der österreichischen Politik geworden zu sein, dass Vertreter der FPÖ äußerst missverständliche Formulierungen verwenden. Hohe Parteifunktionäre der FPÖ haben über eine lange Zeit hinweg Stellungnahmen abgegeben, die als fremdenfeindlich oder sogar als rassistisch verstanden werden können. Viele Beobachter erkennen in den verwendeten Formulierungen nationalistische Untertöne, manchmal sogar Untertöne, die typisch nationalsozialistischen Ausdrücken nahe kommen, oder sie sehen in ihnen eine Verharmlosung der Geschichte dieser Zeit.

89 Offenbar hat die FPÖ keine Maßnahmen gegen Mitglieder ergriffen, die öffentlich fremdenfeindliche Stellungnahmen abgegeben haben; sie hat diese Stellungnahmen weder verurteilt noch unterbunden und sich auch nicht eindeutig für sie entschuldigt. Wenn diese Äußerungen ihren Urhebern vorgehalten werden, bestreiten sie jegliche nationalsozialistische Absicht oder einen entsprechenden Charakter der Äußerung.

90 Unglücklicherweise gibt es in Europa verschiedene politische Gruppierungen, die eine vergleichbare Sprache verwenden. Allerdings ist die FPÖ die zweitstärkste Partei in Österreich geworden und seit Februar 2000 als Koalitionspartner an der österreichischen Bundesregierung beteiligt. Wir sind der Meinung, dass eine Regierungspartei im Hinblick auf ihren Sprachgebrauch und ihre Stellungnahmen erheblich strengeren Kriterien genügen muss als Oppositionsparteien.

91 Soweit wir feststellen konnten, haben die von der FPÖ gestellten österreichischen Bundesminister seit der Regierungsbildung eine solche Ausdrucksweise nicht verwendet. Allerdings haben eine Reihe anderer Parteifunktionäre diesen Sprachgebrauch fortgesetzt.

92 Die FPÖ wurde als „rechtspopulistische Partei mit extremistischer Ausdrucksweise" qualifiziert. Diese Beschreibung ist nach unserer Einschätzung auch nach dem Eintritt der Partei in die Bundesregierung weiter zutreffend. Dies muss Anlass zu Besorgnis geben, da die Regierungen diejenigen Staatsorgane in Europa sind, die eine unmittelbare Verantwortung haben, ihre positiven Verpflichtungen in Bezug auf den Schutz und die Förderung von Menschenrechten, Demokratie und die Verhinderung jeder Art von ethnischer oder rassischer Diskriminierung durchzusetzen.

d) Angriffe auf die Freiheit der Kritik

93 Eines der problematischsten Kennzeichen führender Mitglieder der FPÖ sind Versuche, politische Gegner zum Schweigen zu bringen oder sie sogar zu kriminalisieren, wenn sie die österreichische Regierung kritisieren. Das häufige Anstrengen von Beleidigungsprozessen gegen Personen, die die FPÖ oder Äußerungen ihrer politischen Führung kritisiert haben, muss auch in diesem Zusammenhang gesehen werden.

94 In einer Pressekonferenz, die der Landeshauptmann des Landes Kärnten in Anwesenheit des Bundesministers der Justiz gab, wurde die Möglichkeit erwähnt, eine Vorschrift des Strafgesetzbuches auf Abgeordnete anzuwenden, die die Regierung kritisieren. Als die Oppositionsparteien eine förmliche parlamentarische Befragung einleiteten, betonte der Justizminister die Meinungsäußerungsfreiheit jener, die einen solchen Vorschlag unterbreiteten. Er unterstrich, dass jeder die Möglichkeit haben müsse, seine Meinung zu äußern.

95 Wir sind der Auffassung, dass eine solche Position eines Ministers in der Bundesregierung nicht mit den Verpflichtungen eines Staatsorgans vereinbar ist, wie sie sich aus der Verfassungsstruktur der Europäischen Union ergeben, die in Artikel 6 des Unionsvertrags bestätigt wird. Alle Regierungen in der Europäischen Union sind durch die Prinzipien der freiheitlichen Demokratie und der Redefreiheit gebunden. Dies bedeutet, dass bereits jeder Ansatz einer Regierung oder eines Regierungsmitglieds in Richtung auf die Unterdrückung von Kritik als eine schwere Bedrohung der in Artikel 6 des EU-Vertrages niedergelegten grundlegenden Prinzipien und der gemeinsamen europäischen Werte verstanden werden muss. Um es nochmals zu betonen: In einer derartigen Situation haben alle Regierungsmitglieder der Europäischen Union eine positive Verpflichtung, die gemeinsamen europäischen Werte zu verteidigen.

96 Es muss auch hervorgehoben werden, dass derartige Vorschläge leicht einen Abschreckungseffekt („chilling effect“) bei denjenigen hervorrufen können, die die Regierung kritisieren wollen. Obwohl wir den Eindruck gewonnen haben, dass die sich in Österreich in der Opposition befindlichen politischen Kräfte sich nicht in ihren Möglichkeiten beschränkt fühlen die Regierung zu kritisieren, wurden wir darauf hingewiesen, dass Menschen, die nicht in wichtigen Vereinigungen zusammengeschlossen sind, unsicher über die Folgen einer deutlichen Kritik an der Regierung geworden sein können.

e) Der Gebrauch von Beleidigungsverfahren durch die FPÖ

97 Der soeben erwähnte Abschreckungseffekt wird offenbar noch durch das verstärkt, was uns gegenüber als eine Strategie beschrieben wurde, mit der die Gerichte benutzt werden, Kritik zu unterdrücken, wo immer diese Kritik in provozierenden Formulierungen ausgedrückt wird. FPÖ-Politiker haben die Gerichte in den vergangenen Jahren regelmäßig in Anspruch genommen. Nach den uns zugänglich gemachten Informationen hat die Zahl der von FPÖ-Politikern anhängig gemachten Verfahren gegenwärtig einen Höhepunkt erreicht.

98 Die Erfahrung vieler Staaten zeigt, dass der Gebrauch von Beleidigungsverfahren in politischen Zusammenhängen sehr leicht dazu führen kann, dass die Meinungsäußerungsfreiheit und die Freiheit, die Regierung offen zu kritisieren, in nicht zu rechtfertigender Weise beschränkt werden. Dies ist der Grund, warum der Supreme Court der Vereinigten Staaten von Amerika, das Bundesverfassungsgericht in Deutschland und der Europäische Gerichtshof für Menschenrechte in wichtigen Urteilen entschieden haben, dass die Nutzung von Beleidigungsverfahren zum Schutz von Politikern die Meinungsäußerungsfreiheit und die Pressefreiheit verletzen kann. Der Europäische Gerichtshof für Menschenrechte hat dies in den letzten 20 Jahren in mehreren Verfahren entschieden.

99 In diesem Zusammenhang verdient ein besonderes Problem im österreichischen Rechtssystem Erwähnung. Der Österreichische Verfassungsgerichtshof kann nicht angerufen werden, wenn ein Strafgericht jemanden wegen der Beleidigung eines Politikers verurteilt hat. In den meisten Fällen entscheidet nicht einmal der Oberste Gerichtshof, sondern letztinstanzlich ein Oberlandesgericht. Wir wurden darauf aufmerksam gemacht, dass die Rechtsprechung dieser Gerichte in diesem Bereich nicht einheitlich ist. Nicht alle scheinen die Rechtsprechung des Europäischen Gerichtshofs für Menschenrechte in ausreichender Weise zu berücksichtigen.

100 Ein charakteristisches Beispiel für die in diesem Zusammenhang entstehenden Probleme ist ein Beleidigungsverfahren, welches Herr Haider gegen Herrn Pelinka angestrengt hat, und das zu einer Verurteilung durch ein Urteil vom 11. Mai 2000 geführt hat, welches nicht rechtskräftig ist. Herr Pelinka hatte behauptet, Herr Haider habe in einer Rede die Bedeutung der nationalsozialistischen Konzentrationslager verharmlost, indem er sie als „Straflager" bezeichnete. Obwohl bewiesen wurde, dass Herr Haider diesen Begriff verwendet hatte, wurde Herr Pelinka verurteilt, weil er es versäumt hatte hinzuzufügen, dass Herr Haider von einer ethnischen Minderheit gesprochen hatte, die in diesen „Straflagern" vor fünfzig Jahren beinahe vernichtet worden sei. Nach dem Gericht hätte Herr Pelinka dies ergänzen müssen.

101 Das Urteil zeigt, wie schwierig die Situation für jemanden ist, der zweideutigen Sprachgebrauch in diesem Zusammenhang kritisieren möchte. Es ist im normalen deutschen Sprachgebrauch völlig unverständlich, den Begriff „Straflager" für Lager zu verwenden, in denen ethnische Minderheiten vernichtet werden.

102 In diesem Zusammenhang sollte hervorgehoben werden, was der Europäische Gerichtshof für Menschenrechte in seiner Rechtsprechung zum Schutz von Kritik an Politikern immer wieder betont hat. In seinem ersten Urteil zu diesen Fragen, dem Lingens-Urteil aus dem Jahre 1986, entschied der Gerichtshof (para. 42):

„Die Pressefreiheit stellt im Übrigen für die Öffentlichkeit eines der besten Mittel dar, um die Ideen und Einstellungen politischer Führer zu erfahren und sich darüber eine Meinung zu bilden. Noch allgemeiner gehört die Freiheit der politischen Diskussion geradezu zum Kernbereich des Begriffs einer demokratischen Gesellschaft, wie er in der Konvention durchgehend vorherrscht.
Die Grenzen der zulässigen Kritik sind bei Politikern daher weiter gezogen als bei Privatpersonen. Anders als diese setzen sich die Politiker unvermeidlich und wissentlich der eingehenden Kontrolle aller ihrer Worte und Taten durch die Presse und die allgemeine Öffentlichkeit aus und müssen daher ein größeres Maß von Toleranz zeigen. Zweifelsohne erlaubt Art. 10 Abs. 2 den Schutz des guten Rufes anderer – d. h. aller Personen –, und dieser Schutz erstreckt sich auch auf Politiker, sogar wenn sie nicht in privater Eigenschaft auftreten; jedoch muss in solchen Fällen der Schutzzweck gegen das Interesse an einer freien politischen Diskussion abgewogen werden."

103 Man kann hieraus nur schließen, dass das systematische Betreiben von Beleidigungsverfahren, um Kritik an zweideutigen Aussagen zu unterdrücken, Anlass zu ernsthafter Sorge hinsichtlich der von der FPÖ in Österreich geführten politischen Auseinandersetzung gibt; dies gilt in besonderer Weise, seit die FPÖ Teil der österreichischen Bundesregierung ist.

f) Das Verhalten der FPÖ in der Regierung

104 Wir haben den Eindruck gewonnen, dass das Verhalten der Minister der FPÖ in der Regierung seit Februar 2000 im Allgemeinen nicht kritisiert werden kann. In einigen Fällen hat das Verhalten des Justizministers jedoch Besorgnis ausgelöst.

105 Es ist wichtig festzuhalten, dass die FPÖ in der Regierung und im Parlament die Verfassungsänderung im Hinblick auf ethnische Minderheiten in Österreich ebenso unterstützt hat wie die Lösung des Zwangsarbeiterproblems.

3. Schlussfolgerungen in Bezug auf die Entwicklung der politischen Natur der FPÖ

106 Die Entwicklung der politischen Natur der FPÖ von einer rechtspopulistischen Partei mit extremistischer Ausdrucksweise zu einer verantwortungsvollen Regierungspartei ist nicht ausgeschlossen. Allerdings ist eine solche Entwicklung aufgrund der relativ kurzen bisherigen Erfahrungen nicht klar erkennbar.

107 Es sollte erneut betont werden, dass die österreichische Regierung als ein Verfassungsorgan des Staates dazu verpflichtet ist, Demokratie, Meinungsäußerungsfreiheit, Toleranz und das Rassendiskriminierungsverbot zu verteidigen. Die aktive Verteidigung der in Art. 6 des Unionsvertrags enthaltenen Werte, insbesondere der Menschenrechte, der Demokratie und der Rechtsstaatlichkeit, muss als eindeutige positive Verpflichtung der österreichischen Regierung verstanden werden, die auch die innerstaatliche Debatte betrifft.

III. Allgemeine Schlussfolgerungen

1. In Bezug auf das Eintreten der österreichischen Regierung für die gemeinsamen europäischen Werte, insbesondere für die Rechte der Minderheiten, Flüchtlinge und Einwanderer

108 In Übereinstimmung mit unserem Mandat und auf der Grundlage einer gründlichen Untersuchung ist es unsere wohlerwogene Auffassung, dass die österreichische Regierung für die gemeinsamen europäischen Werte eintritt. Die Beachtung insbesondere der Rechte von Minderheiten, Flüchtlingen und Einwanderern bleibt nicht hinter der anderer Mitgliedstaaten der Europäischen Union zurück. Die Rechtslage in den drei genannten Bereichen entspricht durchaus dem in anderen EU-Mitgliedstaaten angewendeten Maßstab. In manchen Bereichen, vor allem bei den Rechten nationaler Minderheiten, können die österreichischen Standards als den in anderen EU-Staaten überlegen angesehen werden.

109 Die Regierung hat auch praktische Maßnahmen ergriffen, um die Einhaltung dieser Werte und Maßstäbe zu verbessern, einschließlich der Umsetzung der Erklärung, die die Parteivorsitzenden der beiden Regierungsparteien am 3. Februar 2000 unterzeichnet haben. Die konkreten Maßnahmen, die die neue österreichischen Regierung zur Bekämpfung von Rassismus, Fremdenfeindlichkeit und Antisemitismus fortgeführt oder ergriffen hat, zeigen, dass die österreichische Regierung sich in diesem Bereich der im Land bestehenden besonderen Probleme bewusst ist. Auch hier spiegelt der Umfang der Regierungstätigkeit, mit dem eine selbstkritische Überprüfung der Vergangenheit durchgeführt und die Verdunkelung der Verbrechen der nationalsozialistischen Herrschaft sowie jede Form von direkter oder indirekter Diskriminierung und von fremdenfeindlichen Vorurteilen bekämpft werden, die gemeinsamen europäischen Werte wider.

2. In Bezug auf die Entwicklung der politischen Natur der FPÖ

110 Es gibt Gründe, die Beschreibung der FPÖ als eine rechtspopulistische Partei mit radikalen Elementen auch heute noch als zutreffend anzusehen. Die FPÖ hat fremdenfeindliche Stimmungen in ihren Wahlkämpfen ausgenutzt und gefördert. Dies hat eine Atmosphäre geschaffen, in der offen ausgesprochene Bemerkungen gegen Ausländer salonfähig wurden, wodurch Ängste hervorgerufen wurden.
111 Wir sind der Auffassung, dass die Bundesregierung ebenso bereit sein sollte wie der Bundespräsident, fremdenfeindliche und diffamierende Bemerkungen zu verurteilen.
112 Die FPÖ hat außerdem versucht, durch das fortdauernde Betreiben von Beleidigungsverfahren Kritik zu unterdrücken.
113 Im Gegensatz zu früherem FPÖ-Verhalten und zu Stellungnahmen anderer FPÖ-Funktionäre haben die von der FPÖ gestellten Minister im Großen und Ganzen bei der Ausübung ihrer Regierungstätigkeit die Verpflichtungen der Regierung beachtet. Es erscheint nicht ausgeschlossen, dass sich mit der Zeit neue Richtungen innerhalb der Partei herausbilden. Ob dies tatsächlich geschieht, bleibt abzuwarten.

3. In Bezug auf die von den Vierzehn getroffenen Maßnahmen

114 Es ist nicht Teil unseres Mandats, uns zur Rechtmäßigkeit der von den XIV Mitgliedstaaten getroffenen Maßnahmen zu äußern.
115 Die Maßnahmen der XIV Mitgliedstaaten der EU haben

nicht nur in Österreich, sondern auch in den anderen Mitgliedstaaten das Bewusstsein für die gemeinsamen europäischen Werte gestärkt. Es kann kein Zweifel bestehen, dass im Falle Österreichs die von den XIV Mitgliedstaaten getroffenen Maßnahmen die Anstrengungen der österreichischen Regierung verstärkt haben. Sie haben auch die Zivilgesellschaft motiviert, diese Werte zu verteidigen.

116 Wir sind aber der Auffassung, dass die von den XIV Mitgliedstaaten getroffenen Maßnahmen kontraproduktiv wirken würden, wenn sie fortbestünden, und dass sie daher beendet werden sollten. Die Maßnahmen haben schon jetzt nationalistische Gefühle im Land geweckt, da sie in manchen Fällen fälschlicherweise als Sanktionen verstanden wurden, die sich gegen die österreichischen Bürger richten.

4. Empfehlungen als Folge des Berichts

117 Wir empfehlen nachdrücklich die Entwicklung eines Verfahrens innerhalb der EU, um das Eintreten und die Leistungen der einzelnen Mitgliedstaaten für die Beachtung der gemeinsamen europäischen Werte zu überwachen und zu bewerten. Wir sprechen uns deshalb für die Einführung von Präventiv- und Überwachungsverfahren in Art. 7 EU-Vertrag aus, damit in Zukunft eine der gegenwärtigen Situation in Österreich vergleichbare Lage von Anfang an innerhalb der EU behandelt werden kann. Dies würde das grundlegende Bekenntnis der EU zu den gemeinsamen europäischen Werten unterstreichen. Ein solches Verfahren würde zudem von Anfang an einen offenen und nichtkonfrontativen Dialog mit dem betreffenden Mitgliedstaat ermöglichen.

118 Durch ein solches Überwachungsverfahren sollte der Rat in der Lage sein, die Entwicklung einer bestimmten Situation in einem EU-Staat zu verfolgen, sie zu bewerten und Maßnahmen zu ergreifen. Neben diesem Überwachungsverfahren sollte ein besonderes Präventivverfahren eingerichtet werden, das durch Information und Schulungsmaßnahmen auf jede Form der direkten oder indirekten Diskriminierung oder Fremdenfeindlichkeit reagieren würde.

119 Es ist wichtig, dass innerhalb der Gemeinschaftsorgane institutionelle Vorkehrungen zur Förderung dieser Ziele getroffen werden. Diese könnten vorsehen: die Schaffung eines Menschenrechtsbüros innerhalb des Rats, das dem Europäischen Rat berichtet; die Ernennung eines Kommissionsmitglieds, das für Menschenrechtsfragen zuständig ist; und, vor allem, die Ausweitung der Aktivitäten, des Haushalts und der Stellung der bestehenden EU-Beobachtungsstelle gegen Rassismus und Fremdenfeindlichkeit, die ihren Sitz in Wien hat, um die Errichtung einer vollständigen EU-Menschenrechtsbehörde zu ermöglichen.

Paris, den 8. September 2000

Martti Ahtisaari Jochen Frowein Marcelino Oreja

Annex I: Programm der Gespräche in Wien

Freitag, 28. Juli 2000
10:00 – 11:00
Herr Wolfgang Schüssel, Bundeskanzler
11:00 – 12:00
Herr Herbert Scheibner, Bundesminister für Landesverteidigung, als Vertreter der Vizekanzlerin Susanne Riess-Passer
12:00 – 13:00
Herr Ludwig Adamovich, Präsident des österreichischen Verfassungsgerichtshofes
15:00 – 17:00
Frau Elisabeth Gehrer, Bundesministerin für Bildung, Wissenschaft und Kultur
Herr Ernst Strasser, Bundesminister für Inneres
Herr Dieter Böhmdorfer, Bundesminister für Justiz
Frau Benita Ferrero-Waldner, Bundesministerin für auswärtige Angelegenheiten
17:00 – 17:45
Volksanwaltschaft
Frau Christa Krammer, Volksanwältin
Frau Ingrid Korosec, Volksanwältin
Herr Horst Sehender, Volksanwalt
18:00 – 19:00
Herr Thomas Klestil, Bundespräsident
19:15 – 20:30
Herr Ariel Muzikant, Präsident der israelitischen Kultusgemeinde, Wien

Samstag, den 29. Juli 2000
10:00 – 11:00
Herr Heinz Fischer, Präsident des Nationalrats
11:00 – 12:00
Herr Alexander Van der Bellen, Klubobmann der Grünen im

Nationalrat und Bundessprecher der österreichischen Grünen
Frau Ulrike Lunacek, Mitglied des Parlaments, außenpolitische Sprecherin des Parlamentsklubs der Grünen im Nationalrat
Herr Karl Öllinger, Mitglied des Nationalrats

12:00 – 13:00

Herr Peter Westenthaler, stellvertretender Parteivorsitzender der FPÖ und Klubobmann der FPÖ im Nationalrat

15:00 – 16:00

Herr Fritz Verzetnitsch, Vorsitzender des österreichischen Gewerkschaftsbundes (ÖGB), Mitglied des Nationalrats
Herr Günter Weninger, Vizepräsident des österreichischen Gewerkschaftsbundes, Mitglied des Nationalrats

16:00 – 17:00

Herr Christoph Leitl, Präsident des Österreichischen Wirtschaftsbunds (ÖWB)
Herr Peter Mitterbauer, Präsident der Vereinigung der österreichischen Industrie

17:00 – 17:45

Herr Klaus Küng, Bischof, Österreichische Bischofskonferenz
Herr Gregor Henckel-Donnersmarck, Abt von Heiligenkreuz
Herr Franz Küberl, Vorsitzender der Caritas

17:45 – 18:30

Herr Herwig Sturm, Bischof der evangelischen Kirche
Herr Peter Krömer, Präsident der Generalsynode der evangelischen Kirche
Herr Michael Chalupka, Direktor der Diakonie

Sonntag, den 30. Juli 2000

09:00 – 10:00

Herr Alfred Gusenbauer, Vorsitzender der SPÖ und Klubobmann der SPÖ im Nationalrat
Frau Cornelia Zoppoth, Pressesprecherin von Herrn Gusenbauer

10:00 – 10:45
Herr Anas Sakfeh, Vorsitzender der Islamischen Glaubensgemeinschaft in Österreich
Herr Omar Al Rawi, Persönlicher Referent von Herrn Sakfeh
Frau Carla Amina Baghajati, Pressesprecherin der Islamischen Glaubensgemeinschaft in Österreich
10:45 – 11:50
Frau Barbara Helige, Vorsitzende der Richtervereinigung
12:30
Arbeitsessen mit dem Bundeskanzler, Herrn Wolfgang Schüssel

Annex II: Programm der Gespräche in Heidelberg

Dienstag, 29. August 2000
08:00 – 10:30
Herr Eugene Sensenig-Dabbous, GenderLink, Salzburg
Frau Jasmina Jankovic, ANAR (Austrian Network against Racism), Salzburg
Herr Di-Tutu Bukasa, MigrantInnenforum, Wien
Herr Kurt Krickler, Hosi (Homosexuelleninitiative), Wien
Frau Dorothea Brozek, Selbstbestimmt-Leben-Österreich
Frau Rubia Salgado, Armutskonferenz, MAIZ (Autonomes Migrantinnen Integrationszentrum), Linz
Herr Hubert Mittermaier, Wohnplattform Linz/Bundesarbeitsgemeinschaft Wohnungslosenhilfe
Herr Wilhelm Mohaupt, Österreichischer Seniorenbund
Frau Veada Stoff, Ausländerbeirat Graz/ISOP (Innovative Soziale Projekte)
Herr Oscar Azocar, Wiener Integrationskonferenz
Herr Mümtaz Karakurt, BAMM (Bundesarbeitsgemeinschaft Multikulturelle Mitbestimmung), Linz
Frau Manuela Vollmann, ABZ (Arbeit-Bildung-Zukunft), Wien
Herr Andreas Oechsner, Österreichische Arbeitsgemeinschaft

für Rehabilitation
10:45 – 13:00
Herr Max Koch, SOS Mitmensch
Herr Doron Rabinovici, Demokratische Offensive
Frau Sivel Sahan, Jugendprojekt „Echo"
Herr Yavuz Kuscu, Präsident des Dachverbands der türkischen Vereine in Österreich
Herr Birol Kilic, Generalsekretär des Dachverbands der türkischen Vereine in Österreich
Herr Tsehay Sintaheyu, EU-Migrantenforum und AHDA (afrikanische Gemeinde)
Herr Dieter Schindlauer, Ludwig-Boltzmann-Institut für Menschenrechte
Herr Valentin Sima, Slowenische Minderheit in Kärnten
Frau Angelika Hödl, Interessengemeinschaft der Kulturinitiativen in Kärnten
Frau Anny Knapp, Asyl-Koordination Österreich
13:00 – 15:30
Frau Susanne Riess-Passer, Vizekanzlerin und Vorsitzende der FPÖ

Chronologie

17. November 1999: In Istanbul beginnt das zweitägige Gipfeltreffen der Organisation für Sicherheit und Zusammenarbeit in Europa (OSZE). Bundespräsident Thomas Klestil und Außenminister Wolfgang Schüssel vertreten Österreich. Frankreichs Präsident Jacques Chirac drückt seine Sorge über die Politik der FPÖ und die Rolle von Parteichef Jörg Haider aus. Schüssel gibt Chirac zu verstehen, niemals eine Koalition mit der FPÖ bilden zu wollen.

4. Dezember: Belgische Thronfolger-Hochzeit in Brüssel: Mehrere ausländische Staats- und Regierungschefs äußern sich „sehr besorgt und kritisch" über eine etwaige FP-Regierungsbeteiligung. Außenminister Wolfgang Schüssel wird informiert.

10. Dezember: Bundeskanzler Viktor Klima, Außenminister Schüssel und Finanzminister Rudolf Edlinger fliegen zum EU-Gipfel nach Helsinki. Regierungsverhandlungen in Österreich sind Thema bilateraler Gespräche. Schüssel versichert seinen Gesprächspartnern, er wolle keine Koalition mit der FPÖ bilden.

29. Dezember: Bundeskanzler Klima und Vizekanzler Schüssel sind bei Bundespräsident Thomas Klestil. Klima berichtet über Reaktionen beim EU-Gipfel in Helsinki.

21. Jänner 2000: Nach dem Scheitern der rot-schwarzen Regierungsverhandlungen kündigt ÖVP-Chef Wolfgang Schüssel Koalitionsgespräche mit FPÖ-Obmann Jörg Haider und mit den Grünen an. Die gesamte ÖVP-Spitze wird vom Bundespräsidenten über die außenpolitische Situation informiert. Zitat in der Dokumentation der Präsidentschaftskanzlei: „Nunmehr davon zu sprechen, dass es sich bei den angedrohten Maßnahmen der EU um eine Kampagne der letzten Tage handeln würde, ist falsch bzw. stellt eine politische Fehleinschätzung dar."

24. Jänner: Die FPÖ stellt in einem Parteipräsidium die Weichen für die Koalitionsgespräche mit der ÖVP.

25. Jänner: Erstes offizielles Gespräch der ÖVP mit der FPÖ. Auf FP-Seite führt Parteiobmann Jörg Haider die Delegation an. Der FP-Verhandlungsgruppe gehören die geschäftsführende Bundesobfrau Susanne Riess-Passer, Klubchef Herbert Scheibner, der zweite Nationalratspräsident Thomas Prinzhorn, der Vorarlberger FPÖ-Obmann Hubert Gorbach sowie Generalsekretär Peter Westenthaler an. Im Team der ÖVP sind Parteichef Schüssel, seine Stellvertreterinnen Elisabeth Gehrer und Elisabeth Zanon, Landwirtschaftsminister Wilhelm Molterer, der Dritte Nationalratspräsident Andreas Khol, der oberösterreichische Landeshauptmann Josef Pühringer sowie Generalsekretärin Maria Rauch-Kallat.

26. Jänner: Beginn einer dreitägigen internationalen Holocaust-Konferenz in Stockholm. Die Pläne für ein schwarzblaues Regierungsbündnis in Österreich beherrschen das Treffen. Deutschlands Bundeskanzler Gerhard Schröder gibt bei der Holocaust-Konferenz in Stockholm den österreichischen Politikern „in aller Freundschaft" den Rat: „Man muss aufpassen, dass man sich in Europa und darüber hinaus nicht isoliert." Israels Premier Ehud Barak bezeichnet eine Regierungsbeteiligung der FPÖ als „höchst beunruhigendes Signal". Frankreichs Premier Lionel Jospin warnt Österreich vor einer Regierungsbeteiligung der FPÖ. Das Land werde sich andernfalls „in einer beklagenswerten Lage" wiederfinden. Klima bekräftigt in einer Rede die Abgrenzung der SPÖ von der Freiheitlichen Partei unter Jörg Haider: Die FPÖ sei „eine rechtsgerichtete und populistische Partei, mit der er keine Koalition bildet". Die FPÖ sei jedoch „keine Neo-Nazi-Partei".

27. Jänner: Anruf des französischen Staatspräsidenten Jacques Chirac bei Klestil: Teilt „Bedenken" betreffend FPÖ-Regierungsbeteiligung mit – auch im Namen anderer konservativer EU-Politiker.

28. Jänner: Spaniens Premier Jose Maria Aznar ruft den Bundespräsidenten an. Teilt wie Chirac ebenfalls „Bedenken" mit. Klestil informiert Schüssel.

29. Jänner: FPÖ-Chef Haider in einem ORF-Interview am Rande der Feiern zu seinem 50. Geburtstag in Kärnten: „Chirac hat in den vergangenen Jahren so ziemlich alles falsch gemacht, was man falsch machen kann. [...] Wir verlangen ja auch nicht die Ablösung einer korrupten belgischen Regierung, die Kinderschänder pardoniert und gegen die Eltern auf die Straße gehen, weil sie Angst haben müssen, dass diese Regierung mit Verbrechern konspiriert."

31.Jänner: Die portugiesische Ratspräsidentschaft kündigt bilaterale Maßnahmen gegen die österreichische Regierung für den Fall einer FPÖ-Regierungsbeteiligung an. Wörtlich heißt es: „Die Regierung der 14 Mitgliedstaaten werden keinerlei offizielle bilaterale Kontakte mit der österreichischen Bundesregierung unter Beteiligung der FPÖ akzeptieren. Es wird keine Unterstützung für österreichische Kandidaten geben, die sich um Posten in internationalen Organisationen bewerben. Botschafter in EU-Hauptstädten werden nur auf technischer Ebene empfangen." Zitat aus der Hofburg-Dokumentation: „Die vom Bundespräsidenten öffentlich als verbale Entgleisung verurteilte Äußerung von Dr. Jörg Haider gegen den französischen Staatspräsidenten und die belgische Regierung am 29. Jänner hat sicherlich die Veröffentlichung der geplanten gemeinsamen Reaktion am 31. Jänner beschleunigt." Der britische Premier Tony Blair bekundet gegenüber Klestil telefonisch seine „Besorgnis". Unmittelbar vor dem Treffen mit Bundespräsident Klestil erklärt Haider, er wolle „keinen Konflikt mit Belgien und Frankreich": „Meinetwegen ziehe ich die Äußerungen mit Bedauern zurück." Im Nachsatz sagt Haider, diese seien in einer „gerechtfertigten Emotion" gefallen.

1. Februar: Präsident Romano Prodi informiert Klestil über die Erklärung der EU-Kommission. In New York sagt der Geschäftsführer der Jüdischen Weltkongresses, Elan Steinberg, Österreich würde bei einer Regierungsbeteiligung der FPÖ „in eine größere Isolation als zur Zeit der Waldheim-Affäre" geraten: „Wir müssen hier in gleicher Weise reagieren, wie es die Europäische Union getan hat". Die dänische Zeitung „Jyllands-Posten" meldet, dass Klima bei der Holocaust-Konferenz seine sozialdemokratischen Kollegen „um Aktionen gebeten" habe. Auch Klestil soll sich dem Wunsch nach Reaktionen angeschlossen habe, heißt es in Kopenhagen laut dänischer Zeitung „Extra Bladet".

2. Februar: Die gesamte ÖVP-Spitze – bestehend aus Schüssel, den VP-Landeshauptleuten und Landesparteiobmännern – wird von Klestil über die intensiver werdenden Reaktionen ausländischer Politiker informiert. Zitat: „Dieses Treffen kam auf Initiative des Bundespräsidenten zustande, der sich nicht dem Vorwurf aussetzen wollte, das ÖVP-Führungsgremium nicht ausreichend informiert zu haben." Massendemonstrationen in der Wiener Innenstadt gegen die FPÖ-ÖVP-Koalition, die auch in den folgenden Tagen fortgesetzt werden.

4. Februar: Wenige Stunden nach Bekanntgabe der bevorstehenden Vereidigung der ÖVP-FPÖ-Regierung kündigen Frankreich und Portugal an, mit sofortiger Wirkung die von den EU-Staaten angedrohten Sanktionen in Kraft zu setzen.

Deutschland teilt am selben Tag mit die politischen Kontakte zu Österreich einzufrieren. Der portugiesische Ministerpräsident und damalige EU-Ratspräsident Antonio Guterres spricht von „Strafmaßnahmen". Offizielle Sprachregelung: Die „bilateralen politischen Kontakte" werden „mit sofortiger Wirkung" eingefroren. Die Maßnahmen der EU-14 treten somit in Kraft.

5. **Februar**: Die abgestimmte Haltung der 14 Partnerländer Österreichs in der EU bezüglich einer FPÖ-Regierungsbeteiligung sei „autonom" gewesen, sagt Michael Steiner, der außenpolitische Berater der deutschen Bundesregierung. Die deutsche Bundesregierung habe keinerlei Informationen, wonach entweder direkt oder indirekt Klestil und/oder Klima Maßnahmen gesetzt haben sollen, aus denen man schließen könnte, dass sie versucht hätten, bei anderen EU-Regierungen Einfluss gegen eine FP-Regierungsbeteiligung zu üben.

7. **Februar**: Deutschlands Außenminister Joschka Fischer in einem „profil"-Interview: „Österreich ist Mitglied der Union, also der europäischen Familie, und es ist wichtig, dass das so bleibt. Die Familie gehört zusammen. Aber genau deshalb sorgen wir uns wegen Haider: Es geht um die Zukunft Europas, seine Erweiterung. Da dürfen wir nicht zusehen, wie eine fremdenfeindliche Partei mitregiert, eine antieuropäische Partei, die die nationalsozialistische Vergangenheit relativiert, und die dabei ist, ihren Einfluss zu einer Mehrheitsposition auszubauen. Das hat auch für und in anderen Mitgliedsländern Konsequenzen. Wolfgang Schüssel nimmt eine sehr schwere Verantwortung auf sich."

8. **Februar**: Belgische Schulen, Tourismusorganisationen und Lokalbehörden fordern zum Österreich-Boykott auf, berichtet der „Kurier".

9. Februar: Frankreichs Präsident Jacques Chirac wirft Österreich „Vertragsbruch" vor, da es einen wichtigen Verstoß gegen die Grundwerte der Europäischen Union verübt habe. „Unsere Verurteilung ist keine Einmischung. Wir erinnern Österreich an den Beitrittsvertrag, der die Entwicklung einer Ideologie, wie sie die FPÖ verbreitet, ausschließt." Man müsse aber aufhören zu behaupten, dass alle Österreicher Haider gewählt hätten oder Sympathien für das Nazi-Regime hegten.

10. Februar: Italiens Außenminister Lamberto Dini plädiert für eine Diskussion über Österreich.

11. Februar: FP-Sozialministerin Sickl wird beim informellen europäischen Rat in Lissabon von ihren Kollegen geschnitten. Der Gastgeber, Portugals Arbeitsminister Eduardo Ferro Rodrigues, verzichtete entgegen der Usançen auf die persönliche Begrüßung seiner Kollegen.

13. Februar: Politische Matinée im Burgtheater mit Podiumsdiskussion über die Lage in Österreich nach der Wende. Teilnehmer u.a.: Luc Bondy, Klaus Maria Brandauer, Robert Menasse, Wiens VP-Chef Bernhard Görg und Neo-Staatssekretär Franz Morak (V).

18. Februar: Schülerstreik in Wien. Mehr als 5.000 Schüler auf dem Wiener Stephansplatz.

19. Februar: Großdemonstration in Wien unter dem Motto „Widerstand gegen Schwarz-blau". Mehr als 200.000 Demonstranten. Der Aufruf der demokratischen Offensive: „Es ist ein Alptraum. Blinder Ehrgeiz und Machtgier haben Österreich im Inneren gespalten und international isoliert. Wolfgang Schüssel und Jörg Haider haben unser Land in die schwerste Krise seit 1945 geführt. Rassismus hat die Freiheitlichen groß gemacht und wird jetzt mit Ministerposten belohnt." Auch in Paris und anderen französischen Städten, in Brüssel und Prag werden Demonstrationen gegen die neue österreichische Regierung durchgeführt.

28. Februar: FPÖ-Obmann Jörg Haider kündigt seinen Rückzug von der Parteispitze an. Die portugiesische EU-Ratspräsidentschaft erklärt umgehend, die Position der 14 bleibe unverändert.

2. März: Mehr als 15.000 Menschen demonstrieren in Wien gegen die Bundesregierung – und den Opernball. Schon zuvor hatte der portugiesische Staatspräsident den geplanten Besuch des Opernballs abgesagt.

8. März: Ein Bericht des Europäischen Parlaments (EP) stellt fest, dass die Situation der Menschenrechte in Österreich nahezu tadellos sei. Lediglich an zwei Punkten bestehe Anlass zur Kritik: Österreich habe – wie elf weitere EU-Mitglieder – die europäische Charta für Regionalsprachen und Sprachen von Minderheiten nicht unterzeichnet. Außerdem würden Homosexuelle in gesetzlichen Regelungen diskriminiert. Dieser Vorwurf wird auch Großbritannien gemacht. Der französischen Polizei wird „brutales Vorgehen" vorgeworfen. Am selben Tag geht Haider in seiner traditionellen Aschermittwoch-Rede in Ried im Innkreis gegen die EU in die Offensive: Es gebe keine Besatzungsmächte mehr in Österreich. Chirac sei „kein Filialleiter in Österreich": „Dieses Österreich braucht keinen Westentaschen-Napoleon des 21. Jahrhunderts." Chiracs „ausgestreckter Zeigefinger" sei von der „moralischen Qualität Pinocchios".

9. März: Infrastrukturminister Michael Schmid (F) spricht sich gegen die in der Koalitionsvereinbarung festgehaltene EU-Osterweiterung aus: „Dem kann ich nicht zustimmen."

20. März: Anlauf zu „nationalem Schulterschluss“ von Regierung und Opposition gegen die EU-Sanktionen scheitert.

23./24. März: EU-Gipfel in Lissabon. Bundeskanzler Wolfgang Schüssel wirbt für das Ende der Sanktionen. EU-Ratspräsident Guterres blockt ab.

6. April: Eine Delegation der Europäischen Volkspartei (EVP) will sich ein Bild von der Lage in Österreich machen und bis Juni einen Bericht vorlegen. Die ÖVP suspendiert inzwischen ihre EVP-Mitgliedschaft. Ein ursprünglich beantragter Ausschluss der ÖVP ist damit vom Tisch.

7. April: In Wien wird die Europäische Stelle zur Beobachtung von Rassismus und Fremdenfeindlichkeit (EUMC) eröffnet. Obwohl die Bundesregierung nicht eingeladen war, nimmt Außenministerin Benita Ferrero-Waldner (V) an der Eröffnungszeremonie teil. Bundespräsident Thomas Klestil verweist dort auf die Hilfsbereitschaft und die humanitären Leistungen der Österreicher.

19. April: FPÖ-Chef Haider in der „ZiB 2“: Die Regierung solle beim EU-Rat die Aufhebung der Sanktionen beantragen. Notfalls solle die Regierung eine Volksbefragung machen, ob die Österreicher dafür seien, dass die Sanktionen aufgehoben werden. „Dann werden 60, 70, 80 Prozent sagen, sofort aufheben. Damit gehe ich als Bundeskanzler in den EU-Rat“.

20. April: FPÖ-Klubobmann Peter Westenthaler gegenüber der APA: Eine Volksbefragung hätte „Fantasie“. Allerdings sei die Frage einer Volksbefragung „noch nicht mit dem Koalitionspartner beschlossen“. ÖVP-Generalsekretärin Maria Rauch-Kallat erteilt Absage an Volksbefragungs-Idee. Gegenüber der APA meint sie: „Das Geld kann man sich sparen“.

21. April: Ex-Außenminister Alois Mock (V) kann der Idee einer Volksbefragung nichts abgewinnen („ZiB 3"). Auch die amtierende Außenministerin Ferrero-Waldner (V) hält im „Kurier" von der Volksbefragung nichts: „Was soll das bringen?"

25. April: Klubobmann Andreas Khol kann anlässlich einer Pressekonferenz der Idee der FPÖ, einen nationalen Schulterschluss über eine Volksbefragung zu erreichen, als erster ÖVP-Politiker etwas abgewinnen. Finanzminister Karl-Heinz Grasser (F) im „Standard": Mit Volksbefragung Druck auf europäische Partner machen.

26. April: Haider will Volksbefragung „sofort" („Presse"). Rauch-Kallat dagegen: „Volksbefragung mit No-Na-Fragen zu schade für das Steuergeld" (APA).

28. April: Bundeskanzler Schüssel schließt nach dem Ministerrat erstmals Volksbefragung nicht aus. Die ÖVP-Delegationsleiterin im EU-Parlament, Ursula Stenzel, hält hingegen nach wie vor nur wenig von einem Plebiszit. Generalsekretärin Maria Rauch-Kallat: Ohne gemeinsame Vorgangsweise mit Opposition ist „Befragung der Menschen vielleicht eine Idee", aber nicht die preisgünstigste Lösung. (APA)

29. April: Bundespräsident Thomas Klestil zurückhaltend über die Idee der Volksbefragung.

1. Mai: Formeller Wechsel an der FPÖ-Spitze auf dem Klagenfurter Parteitag: Susanne Riess-Passer folgt auf Jörg Haider.

3. Mai: Unterrichtsministerin Elisabeth Gehrer (V) sieht keine Eile für Volksbefragung. EU-Kommissar Franz Fischler (V) in „News": Volksbefragung ist falsch und „ziemlicher Unsinn". Kanzler Schüssel verteidigt auf einer Pressekonferenz die Haider-Idee: Eine Volksbefragung sei nicht von vornherein undemokratisch oder chauvinistisch, aber nicht vorrangig. Und in einem „Kurier"-Interview: „Wir haben in der Regierung oder auf Koalitionsebene bisher nicht darüber geredet. Wir werden das tun. Ich schließe aber von vornherein nichts aus. Wir, die Frau Außenministerin und ich, haben vorläufig noch einige Eisen im Feuer. Wir loten Dinge in vertraulichen Kontakten und Gesprächen aus. Auch rechtlich. Ich will öffentlich darüber aber noch nicht reden."

4. Mai: Laut Haider sind 64 Prozent der Österreicher für eine Volksbefragung. Der steirische VP-Landesrat Gerhard Hirschmann schließt sich in der „Kleine Zeitung" der Forderung an.

5. Mai: Die österreichische Bundesregierung beschließt einen Aktionsplan zu EU-Sanktionen. Letzter der insgesamt 18 Punkte ist eine Volksbefragung. „Für Herbst 2000 will die Regierung eine Volksbefragung vorbereiten, sofern bis zum Ende der portugiesischen Präsidentschaft kein konkreter Plan für die Aufhebung der Sanktionen vorliegt. Darin soll sowohl ein Bekenntnis zur Europäischen Union als auch zur Aufhebung der Sanktionen geleistet werden" (Ministerrat). Der grüne EU-Abgeordneter Johannes Voggenhuber warnt in der „ZiB" 3 vor „staatspolitischer Dummheit und Verbohrtheit". Die steirische Landeshauptfrau Waltraud Klasnic (V) äußert sich in der „Kleinen Zeitung" skeptisch zur Volksbefragung. Eine Zusammenlegung mit den Landtagswahlen am 15. Oktober lehnt sie ab.

6. Mai: Frau Ferrero-Waldner erklärt in einer Pressekonferenz in Furnas, Portugal, Oppositionsweigerung zu „nationalem Schulterschluss" sei Ursache für den Plan einer Volksbefragung.

7. Mai: Klestil im „profil" skeptisch über Volksbefragung – EU soll nicht als Feind Österreichs dargestellt werden. Außenministerin Ferrero-Waldner in Portugal: Man dürfe Volksbefragung nicht als „Ultimatum“ missverstehen. Im Kreis der EU-Außenminister auf den Azoren beginnt erstmals Diskussion über Österreich: ein Teil der Partnerstaaten tritt für eine Aufhebung der Sanktionen ein. Dazu zählen laut Ferrero-Waldner Irland, Italien, Spanien, Griechenland, Finnland und Dänemark. Berichte über Vorstoß des finnischen Ministerpräsidenten Paavo Lipponen zur Aufhebung der Sanktionen. Lipponen selbst bestätigt nur „Gespräche hinter den Kulissen“.

8. Mai: Beim informellen Treffen der EU-Außenminister auf den Azoren greift Benita Ferrero-Waldner erstmals die Idee eines Weisenrates als mögliches Ausstiegsszenario zu den Sanktionen der EU-14 auf. Sie fordert aber die gleichzeitige Suspendierung der Sanktionen. In Wien äußert sich Bildungsministerin Elisabeth Gehrer im „Standard“ kritisch zum Volksbefragungs-Plan. Auch der Verfassungsrechtler Heinz Mayer zeigt sich in einem „Kurier“-Gespräch skeptisch: Die Frage nach Bekenntnis zur EU sei in Volksbefragung nicht zulässig. Der Wahlrechts-Experte Robert Stein schätzt die Kosten des Plebiszits auf 100 Millionen Schilling.

10. Mai: Laut Gallup-Umfrage im Magazin „News“ 51 Prozent für und 42 gegen die Volksbefragung.

13. Mai: Für Westenthaler ist der Vorschlag Ferrero-Waldners „unvorstellbar und völlig ausgeschlossen“. Es wird bekannt, dass Königin Beatrix I. den österreichischen Botschafter in den Niederlanden, Alexander Christiani, von der Gästeliste ihres traditionellen Diners für das Diplomatische Corps streichen ließ. Diese Entscheidung stehe in Einklang mit den Beschlüssen der 14 EU-Staaten in Zusammenhang mit dem Regierungseintritt der „extremen Rechten“ in Österreich, erklärt ein Sprecher des niederländischen Außenministeriums. Die österreichische Botschaft spricht von einer „völlig unnötigen Kränkung“.

15. Mai: Niederösterreichs Landeshauptmann Erwin Pröll (V) in „Format“ gegen Volksbefragung: „Populistische Kraftmeierei“. Skepsis bei Klasnic und VP-Landeshauptleuten von OÖ (Josef Pühringer) und Salzburg (Franz Schausberger): „Letztes Mittel“. Tirols LH Wendelin Weingartner (V) begrüßt ablehnende Haltung von Pröll. Auch Wiens VP-Chef Bernhard Görg skeptisch (APA).

16. Mai: Schüssel fordert in einem Brief an seine EU-Amtskollegen eine Aufhebung der Sanktionen bis zum EU-Gipfel in Feira (19.-20.6.).

17. Mai: Gemeinsame Erklärung der Landeshauptleute-Konferenz zu den Sanktionen. Die EU-Partner werden aufgefordert, die Sanktionen durch „ein transparentes System gegenseitigen Verständnisses und Respekts, das für alle Mitglieder verbindlich gelten soll“, abzulösen. Der Generalsekretär des Internationalen Verbandes der Menschenrechtsligen (FIDH), Claude Katz, prangert Wiens Ausländerpolitik als „nicht mehr tolerierbar“ an. Die Gesetzgebung mit dem Ziel, Österreich für die Ausländer abzuriegeln, wird den Innenministern Franz Löschnak und Karl Schlögl (beide S) angelastet. Jörg Haider und die FPÖ könnten sich nun begnügen, „das Arsenal der Gesetze und Regelungen auszuschöpfen, die Österreich zu einer wahrhaftigen Zitadelle des Ausschlusses der Ausländer erheben“.

18. Mai: Vorstoß des dänischen Ministerpräsidenten Poul Nyrup Rasmussen. Er bescheinigt der Regierung, „die richtigen Konsequenzen“ aus den Sanktionen der 14 EU-Staaten gezogen und positive Schritte eingeleitet zu haben. Kopenhagen strebt eine „konstruktive Rolle“ bei der „Veränderung“ der Sanktionen an.

20. Mai: Vizekanzlerin Riess-Passer fordert auf dem Parteitag der Tiroler Freiheitlichen einen Stopp der „Anti-Österreich-Welle“ durch die Volksbefragung.

22. Mai: Der deutsche Kanzler Gerhard Schröder lehnt bei Besuch von SPÖ-Chef Alfred Gusenbauer eine Initiative für Ende der Sanktionen ab.

23. Mai: EU-Ratspräsident Guterres bestätigt Konsultationen über Österreich-Sanktionen. Gusenbauer bei belgischem Außenminister Louis Michel.

27. Mai: Auch Ferrero-Waldner steht nun einer Beobachtung Österreichs skeptisch gegenüber. Sie schlägt vor, die EU-Kommission solle einen Bericht über die Ereignisse seit der Regierungsbildung machen.

2. Juni: Der portugiesische EU-Vorsitz und das Bundeskanzleramt dementieren einen Bericht des „Standard“, wonach ein Emissär der EU-14 Schüssel einen geheimen Vorschlag zur Aufhebung der Sanktionen unterbreitet und dieser abgelehnt habe.

6. Juni: Die Europäische Volkspartei (EVP) bescheinigt Österreich, dass es seit Amtsantritt der ÖVP-FPÖ-Regierung zu „keinen Beeinträchtigungen des demokratischen Systems“ gekommen sei. FPÖ-Minister hätten sich zwar abweichend von der Regierungspolitik geäußert. Doch vertraue die EVP darauf, dass Bundeskanzler Schüssel derartige Äußerungen künftig „rügen“ und „korrigieren“ werde, heißt es in der mit überwältigender Mehrheit angenommenen Resolution, gegen die im 120 Mitglieder umfassenden EVP-Vorstand lediglich die wallonischen Christdemokraten Belgiens stimmen. Die ÖVP wird künftig wieder voll in den EVP-Gremien mitarbeiten.

7. Juni: Ferrero-Waldner startet Image-Tour in Madrid, Paris und London. Keine Treffen auf Regierungsebene.

9. Juni: Deutschland und Frankreich erklären, beim EU-Gipfel Ende Juni in Feira werde es zu keiner Änderung der Position gegenüber Österreich kommen. Auch Belgien bleibt bei seiner ablehnenden Haltung. Ein „Schulterschluss" der vier Parlamentsfraktionen zu den EU-Sanktionen scheitert erneut.

9. Juni: EU-Kommissar Franz Fischler lehnt im „profil" Volksbefragung neuerlich ab.

12./13. Juni: Ferrero-Waldner gelingt kein Durchbruch bei EU-Außenministertreffen in Luxemburg. Portugal kritisiert Vorgehen Österreichs als „aggressiv".

13. Juni: Haider in der APA: Volksbefragung sei eine „sehr scharfe Waffe". (APA)

14. Juni: Die Menschenrechtsorganisation Amnesty International übt in ihrem Jahresbericht 1999 Kritik am Nationalratswahlkampf der FPÖ im Herbst 1999. Plakate mit Slogans wie „Stopp der Überfremdung" und „Stopp dem Asylmissbrauch" hätten offenen fremdenfeindlichen und diskriminierenden Charakter und bedeuteten somit eine Gefahr für die Menschenrechte.

15. Juni: Der designierte Wirtschaftskammer-Präsident Christoph Leitl warnt in Brüssel vor dem „Eskalationspotential" einer Volksbefragung.

17. Juni: Riess-Passer im „Kurier": Sanktions-Ende oder Volksbefragung. Auch VP-Klubchef Khol sieht im „Format" den 1. Juli als „Deadline" für eine Volksbefragung.

19./20. Juni: Guterres kündigt zum Abschluss des EU-Gipfels in Feira eine Initiative Portugals für ein Ausstiegsszenario aus den Sanktionen an.

20. Juni: Pröll im „News“: Volksbefragung sinnlos.

23. Juni: OGM-Umfrage: Für 60 Prozent ist Volksbefragung „wenig sinnvoll“. ÖVP-EU-Abgeordnete Marilies Flemming glaubt laut APA nicht an Volksbefragung: „EU-14 haben panische Angst davor“.

24. Juni: ÖVP-Landeshauptleute weiterhin skeptisch zu Volksbefragung.

25. Juni: Portugiesischer Außenminister Francisco Seixas da Costa im Nachrichtenmagazin „Format“: „Volksbefragung bedeutet Selbstmord.“

26. Juni: 37 Prozent würden laut „market“ an Volksbefragung teilnehmen, berichtet der „Standard“. Dem hält FPÖ-Generalsekretärin Theresia Zierler entgegen: 51 Prozent würden sich beteiligen.

27. Juni: In Brüssel wird ein unter den EU-14 weitgehend akkordierter Entwurf bekannt. Er sieht vorerst eine Fortsetzung der Sanktionen vor. Guterres soll den Chef des Europäischen Menschenrechtsgerichtshof, Luzius Wildhaber, bitten, von drei „Weisen“ einen Bericht erstellen zu lassen über die Verpflichtung der österreichischen Regierung zu den europäischen Werten, „insbesondere die Rechte der Minderheiten, Flüchtlinge und Immigranten“, sowie über die „Entwicklung der politischen Natur der FPÖ.“ Auf Basis des Berichts würden die 14 angemessene Vorschläge über die Gestaltung der bilateralen Beziehungen zur österreichischen Bundesregierung überlegen. Wildhaber fordert die Zustimmung Österreichs für ein solches Mandat.

29. Juni: Die EU-14 einigen sich auf das Mandat, dem Wildhaber zustimmt, weil er davon ausgeht, dass Kanzler Schüssel sein O. K. gibt. Der Bericht soll so schnell wie möglich erstellt werden. Schüssel erklärt sich bereit, mit den drei „Weisen“ zu kooperieren, zeigt sich aber von den EU-14 „enttäuscht“. Vizekanzlerin Susanne Riess-Passer (F) äußert sich ablehnend.

30. Juni: FPÖ präsentiert Zeitplan: 5. oder 6. Juli – FP/VP-Initiativantrag im Nationalrat –11. Juli Beschluss im Hauptausschuss – Nationalrat gibt im September grünes Licht – Abhaltung im Oktober.

1. Juli: Tirols Landeshauptmann Wendelin Weingartner gegen Volksbefragung. Finnland warnt vor Volksbefragung.

2. Juli: Die Leiterin der EU-Beobachtungsstelle für Rassismus und Fremdenfeindlichkeit (EUMC), Beate Winkler, bescheinigt der ÖVP-FPÖ-Regierung, keine fremdenfeindliche oder rassistische Initiative gesetzt zu haben. Österreich sei nicht fremdenfeindlicher als irgendein anderes EU-Land. Der französische Premierminister Lionel Jospin erklärt nach Übernahme der EU-Ratspräsidentschaft, er rechne nicht damit, dass die Arbeit der „Weisen“ während der französischen EU-Präsidentschaft, das heißt vor Jahresende, abgeschlossen werde. Haider droht mit der Anwendung des Vetos, zumindest bei der Osterweiterung werde „nicht so schnell etwas weitergehen, weil wir Österreicher halt dann nicht mitmachen“; die ÖVP sei „gegenüber der EU knieweich“. Der tschechische Premier Milos Zeman erklärt, die Drohungen Haiders seien ein Beweis für die Berechtigung der Sanktionen.

3. Juli: Haider kündigt einen „Stillstand“ während der französischen EU-Präsidentschaft an. Schüssel betont in Stuttgart: „Die Erweiterung wird kein Mensch blockieren“; sie liege im österreichischen Interesse. Der Regierungsbeauftragte für die

EU-Erweiterung, Ex-Vizekanzler Erhard Busek, weist Haiders Aussagen zurück. Diese seien ein „falsches Signal". Die SPÖ bekräftigt Ablehnung einer Volksbefragung. FP-Klubobmann Westenthaler bezeichnet in Anlehnung an Fussball-WM eine Volksbefragung als „Golden Goal" für Österreich.

4. Juli: Volksbefragung ist Thema im Koalitionsausschuss. Die österreichische Regierung macht die in Aussicht gestellte Volksbefragung zu den EU-Sanktionen vom Zeitpunkt, wann der Weisenrat seinen Bericht vorlegt, abhängig. Der belgische Außenminister Louis Michel erklärt bei einem positiven Bericht über die Lage in Österreich zur Exit-Strategie bereit zu sein.

12. Juli: Diesen Bericht erstellen werden drei Persönlichkeiten: der ehemalige finnische Staatspräsident und Balkan-Vermittler Martti Ahtisaari, der Direktor des Max-Planck-Instituts für Völkerrecht in Heidelberg, Jochen Frowein, und der frühere spanische Außenminister und EU-Kommissar Marcelino Oreja.

18. Juli: Die Freiheitlichen haben ihr „Informationspaket" für die drei Weisen geschnürt. Es beinhaltet unter anderem das FPÖ-Parteiprogramm, die wichtigsten Reden der Parteispitze, Unterlagen über die Regierungsbilanz Haiders in Kärnten, ausgewählte Zeitungskommentare sowie Wahlkampfbroschüren von Bundeswahlen.

20. Juli: Die drei Weisen treffen für wenige Stunden zu ersten Beratungen im Büro Ahtisaaris in Helsinki zusammen. Sie kündigen eine baldige Reise nach Österreich an und untermauern die Aufgabenstellung des Weisenrates. Geprüft werden soll „die Verpflichtung der österreichischen Regierung gegenüber den europäischen Werten, vor allem hinsichtlich Minderheiten, Flüchtlingen und Einwanderern, sowie die Entwicklung der politischen Natur der FPÖ".

28./29./30. Juli: Erster Besuch der drei Weisen in Österreich. Auf dem Programm stehen Treffen mit Bundespräsident Thomas Klestil, Vertretern der Bundesregierung, Chefs der politischen Parteien sowie Vertretern verschiedener Institutionen. 18 Stunden lang werden Gespräche geführt. Die Heimreise treten die drei Persönlichkeiten dann jedoch an, ohne eine einzige substanzielle Aussage an die Öffentlichkeit dringen zu lassen.

12. August: Westenthaler pocht auf ein Treffen mit Kärntens Landeshauptmann und Ex-FPÖ-Chef Jörg Haider. Komme es nicht zu einem solchen Gespräch, wäre der Bericht „unvollständig" und es würde ihm nur „ein sehr geringer ernsthafter Charakter" zukommen.

28./29./30./31. August: Die drei Weisen ziehen sich in Heidelberg zur Schlussredaktion ihres Berichts zurück, der dem Vernehmen nach bis Anfang September fertig gestellt sein soll. Unterbrochen wird die Arbeitssitzung lediglich am 29. August, um am Vormittag in zwei Runden mit österreichischen NGOs Gespräche zu führen. Ein Treffen mit Kärntens Landeshauptmann Jörg Haider (F) wird bis zuletzt abgelehnt.

7. September: Bundeskanzler Schüssel bekräftigt seine Forderung nach vollständiger Aufhebung der Sanktionen nach Vorlage des Berichtes, ansonsten werde eine Volksbefragung zu den Sanktionen durchgeführt.

8. Septemer: In der Früh wird der Inhalt des Weisenberichtes durch die spanische Tageszeitung „El Pais" vorzeitig publik: Er empfiehlt die Aufhebung der Maßnahmen der EU-14 gegen die ÖVP-FPÖ-Bundesregierung. Übergabe des Weisen-Berichtes in Paris an EU-Ratspräsident Jacques Chirac um 18 Uhr. Die Koalitionsspitzen triumphieren am Abend trotz der massiven Kritik an der FPÖ – sie wird als „populistische Rechtspartei mit radikalen Elementen" charakterisiert.

12. September: Sieben Monate nach der Verhängung der bilateralen Maßnahmen der EU-14 gegen die österreichische Bundesregierung werden diese wieder aufgehoben. Die Gemeinschaft betont aber gleichzeitig ihre besondere Wachsamkeit gegenüber der FPÖ auch in Zukunft. Die „Natur der FPÖ und ihre ungewisse Entwicklung“ gäben allerdings Grund zu „ernster Besorgnis“, heißt es in dem Kommunique. Im Rahmen der EU soll überlegt werden, wie man künftig in ähnlichen Fällen vorgehen wolle.

Quellen: APA, „Kurier“, Internet und „Der Westentaschen-Haider“ (Czernin Verlag 2000)

Register

Autoren-Biographien

Margaretha Kopeinig

Mag. phil., Dr. phil., MA.
Geboren 1956; nach Matura in Klagenfurt Studium der Politikwissenschaft (Internationale Beziehungen), Geschichte, Soziologie und Pädagogik in Wien, Genf, Bogotà, D.E. (Kolumbien).
Berufliche Tätigkeiten: Hochschulreferentin des Österreichischen Informationsdienstes für Entwicklungspolitik (ÖIE), Lehrauftrag an der Universität Salzburg, Institut für Politikwissenschaft; PR-Referentin in der Public Relations-Agentur „Publico", Freie Mitarbeiterin des ORF/Fernsehen, Auslandsredaktion. 1992-1994 EU-Korrespondentin der Tageszeitung „Kurier" in Brüssel, kurze Zeit „profil"-Redakteurin; seit 1995 Redakteurin des „Kurier" mit dem Schwerpunkt Europa-Berichterstattung. Zahlreiche Veröffentlichungen zu Entwicklungs- und Außenpolitik, europäischer Integration.

Buchveröffentlichung: „EU-Präsidentschaft. Aufgaben und Rolle Österreichs", Wien 1998.

Christoph Kotanko,

Dr. phil.
Geboren 1953 in Braunau am Inn (OÖ); nach Matura am Gymnasium Braunau Präsenzdienst in Wels. Studium der Romanistik und Publizistik in Wien und Paris, Promotion 1979. 1980-1986 innenpolitischer Redakteur des Nachrichtenmagazins „Wochenpresse"; 1986-1988 innenpolitischer Redakteur des Nachrichtenmagazins „profil"; seit 1988 bei der Tageszeitung „Kurier" als Ressortleiter Innenpolitik und Kommenta-

tor mit besonderer Berücksichtigung der Europa- und Sicherheitspolitik. Seit 1997 auch stellvertretender Chefredakteur des „Kurier".
Inhaber des Goldenes Verdienstzeichens der Republik Österreich (für EU-Berichterstattung); Träger des Kurt-Vorhofer-Preises (für „herausragende politische Berichterstattung")

Herausgeber der Dokumentation „Die Qual der Wahl: Die Programme der Parteien im Vergleich", Wien 1999.